www.bbulmedia.com

www.bbulmedia.com

GREEN HEART

그린 하트

GREEN HEART

1판 1쇄 찍음 2016년 8월 25일
1판 1쇄 펴냄 2016년 8월 31일

지은이 | 미르영
펴낸이 | 정 필
펴낸곳 | 도서출판 **뿔미디어**

기획 · 편집 | 문정흠 · 한관희

출판등록 | 2002년 9월 11일 (제081-1-132호)
주소 | 경기도 부천시 원미구 소향로 17번길(두성프라자) 303호 (우) 14544
전화 | 032)651-6513 / 팩스 032)651-6094
E-mail | bbulmedia@hanmail.net
홈페이지 | http://bbulmedia.com

값 8,000원

ISBN 979-11-315-7393-8 04810
ISBN 979-11-315-7392-1 04810 (세트)

※파본은 구입하신 서점에서 교환하여 드립니다.

※이 책은 (도)뿔미디어를 통해 독점 계약되었습니다.
저작권법에 의해 보호를 받는 저작물이므로 무단 전재와 무단 복제를 엄금합니다.

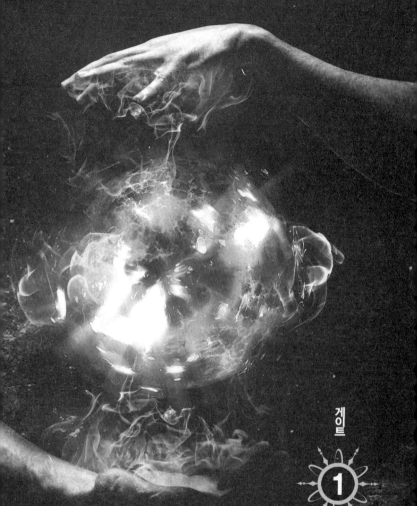

게이트

1

GREEN HEART

그린 하트　미르영 현대 판타지 장편 소설

CONTENTS

Intro ··· 7

제1장 ··· 13

제2장 ··· 45

제3장 ··· 77

제4장 ··· 111

제5장 ··· 143

제6장 ··· 177

제7장 ··· 211

제8장 ··· 243

제9장 ··· 275

※이 글 속에 나온 인명, 지명, 단체명은 허구이며 실제와는 연관이 없음을 알려 드립니다.

Intro

Intro

삐이! 삐이!

무척이나 거슬리는 소리. 내 마지막 숨을 재촉하는 소리인 것 같다.

눈은 뜨고 있지만 시체나 다름없는 상태다.

조명을 받은 실험 도구들이 뿌리는 시리도록 차가운 빛이 눈을 찌르지만, 움직일 수조차 없으니 말이다.

'어디서 실수를 한 거지?'

계획대로 움직였고, 예상한 대로 모든 것이 진행되었다. 어디서 틀어진 것인지 아무리 생각해 봐도 모르겠다.

— 아마 정신이 없을 거야. 그동안 잘해주었다. 너로 인해 우

리가 세운 대계가 완벽해졌으니 말이다.

익숙한 목소리다. 보이지는 않지만 누군지 알 것 같다. 내가 세운 계획에서 전혀 고려하지 않던 자가 변수였다니…….

— 후후후, 분하겠지. 하지만 그럴 필요가 없다. 넌 태생부터 우리가 안배했던 존재니 말이다.

그런 건가.

내가 놈에 의해 안배된 존재였던 건가.

— 이제 수확할 때가 되었다. 네 안에 깃든 것들만 얻으면 우리는 세계를 손에 넣을 수 있게 될 테니, 자비를 베풀어 고통 없이 보내주도록 하마. 후후후, 하긴 의식이 없을 테니 고통도 없겠지.

'자비 같은 소리하고 있네. 의식이 있단 말이다. 헛소리할 거면 저 시퍼런 빛을 뿌리는 대롱들이나 치워라, 이 새끼야! 그나저나 우리라고 했나?'

혼자가 아니라 우리라는 복수형을 사용했다면 놈 말고도 다른 존재가 있다는 뜻이다. 놈은 내가 완전히 의식이 없을 것이라 알고 있는 것 같다. 그러니 이런 실수를 했겠지.

'처음부터 찜찜했어. 내가 누군가에게 휘둘리고 있는지도 모른다는 느낌을 계속해서 받았지…….'

너희만 준비한 것이 아니다. 나도 나름 준비를 해왔다.

세계를 수도 없이 오가며 시간의 흐름을 비틀 수 있는 방법을 찾아왔다.

그러다 단 한 번!

시간의 역전을 이룰 수 있는 길을 찾아냈다.

'후우, 이제 시작인가?'

연필 굵기의 대롱들이 다가온다.

조금 있으면 저 대롱들이 내 몸에 꽂힐 것이다. 좁은 면적에 수십 개의 마법진이 새겨진 대롱들은 내가 가지고 있는 모든 것들을 뽑아낼 것이다.

'시작하자. 비록 지금 가지고 있는 기억들 중에 일부는 봉인될 테지만, 영혼의 각인을 통해 내가 바라봐야 할 것들을 새긴다면 놈들을 잡고 내가 원하는 것을 이룰 수 있다.'

영혼을 비트는 것과 동시에 지금과는 완전히 다른 성격을 창조해 각인을 시켰다.

푸푸푸푸푹!!

작업이 끝나자마자 수백 개의 대롱들이 전신에 꽂혔다.

'아프지는 않아서 좋군.'

감각이 없는 탓인지, 살과 뼈를 뚫는 소리가 들리는데도 고통이 없다.

'얼마 남지 않았다.'

지금 나는 인과율을 위반했다. 영혼을 비튼 탓에 지금 시간에 있어서는 안 될 존재가 된 것이다.

이제 틈이 보일 것이다. 시간의 빈틈이 말이다.

'시작했군.'

영혼으로 바라보는 세계가 갈라지기 시작했다. 일렁이는 검은 혼돈이 세상을 완전히 갈랐다.

'놈들이 어떤 안배를 했든 간섭을 덜 받기 위해서는 시간대가 중요하다.'

내가 가야 할 시간대는 정해져 있다.

태어나는 순간부터 놈들의 간섭을 받았을 테니, 인과율이 정해지기 전인 태아 때다.

'간다!'

쏴아아아!

모든 것이 분리되어 대롱을 따라 흘러 들어가는 것을 느끼며 시간의 빈틈 안으로 영혼을 던졌다.

틈 속으로 빨려 들어가며 정신이 희미해진다.

'내 마음이 가는 대로 할 것이다. 그리고 모든 것을 바꿀 것이다. 모든 것을……'

제1장

1

1981. 12. 31. (목) 02:30.
청와대.

누군가가 다급하게 문을 열고 안으로 들어와 한참 잠에 빠져 있는 침대의 주인을 흔들어 깨웠다.

"으음."

연말 종무식 후 술을 한잔 마시고 숙면을 취하고 있던 전두근은 몰려오는 수마를 물리치며 힘겹게 눈을 떴다.

전두근의 희미한 시야 사이로 낯익은 얼굴이 들어왔다.

"가, 각하!"

'이 시간에 무슨 일로?'

자신을 흔들어 깨우는 이가 비서실장임을 자각한 전두근은 정신을 차리려 애를 쓰며 침대에서 몸을 일으켰다.

"음, 무슨 일인가?"

"가, 각하……."

"무슨 일이냐고 물었네."

몸을 떨며 할 말을 찾지 못하는 비서실장을 향해 전두근이 노한 목소리로 다시 한 번 물었다.

"북한에서 선전포고를……."

"뭐!!"

"자정을 기해 북한이 선전포고를 했습니다."

"이런 미친놈들을 봤나. 그래, 군부에서는 어떻게 대응했나?"

군 출신 대통령답게 전두근은 군의 대응 상태를 먼저 확인했다.

"이미 휴전선은 완전히 뚫린 상태입니다. 그리고… 우리 군은 이미 항복을 선언했습니다."

"뭐, 뭐라고 했나?"

침대에서 일어나며 얼핏 본 시계의 시간은 2시 30분을 조금 넘고 있었다. 고작 두 시간 만에 군이 항복을 했다니, 믿을 수 없는 이야기였다.

"각하! 북한의 특수 군단이 수도 서울을 이미 점령한 상태입니다. 그리고 다른 주요 도시들도 대부분 점령이 끝났다고 합니다."

육군의 전력만 60만 명이 넘어간다. 휴전선에 배치된 전력 말고도 주요 도시 외곽에는 군대가 주둔해 있다. 그런데 벌써 대부분 점령이 되었다니, 이해가 가지 않았다.

"당치도 않은 소리!"

"사실입니다, 각하!"

"미치겠군. 그럼 미군은?"

기도 차지 않은 말이지만 비서실장이 지금 헛소리를 하지는 않을 것이기에 전두근은 급히 되물었다.

"미군은 이미 한 시간 전에 북한 특수 군단에 완전히 무장해 제를 당했습니다."

"도, 도대체 어떻게 된 일인가?"

도저히 믿을 수 없는 이야기에 전두근은 침대에 주저앉으며 말했다.

"파악된 바로는 자정에 북한군이 휴전선을 넘자마자 육군이 항복했고, 뒤를 이어 해군과 공군도 곧바로 항복을 선언했다고 합니다."

전두근은 이해가 가지 않았다. 곧바로 항복을 선언했다는 것 은 별다른 전투가 없었다는 뜻이기 때문이다.

"그게 무슨 말인가? 우리 군이 어떻게 싸워보지도 못하고 항 복을 했다는 것인가?"

"선전포고와 동시에 주요 거주지에 있던 육군의 장성들과 당 직을 서고 있던 군 수뇌부가 제압됐다고 합니다. 그리고 해군과 공군 또한 북한의 특수전 전력에 의해 완전히 제압을 당한 상태라고 합니다."

"북한의 특수 군단 말인가?"

"예, 각하! 특수 군단뿐만 아니라, 남파 간첩들이 움직여 전격적으로 진행이 됐다고 합니다."

"도대체 얼마나 되는 병력이 동원되었기에 그런 사태가 발생한 건가?"

"북한의 특수전 전력인 특수 군단의 병력만 30만 명, 그리고 남침과 동시에 휴전선을 넘어온 북한군의 전력이 무려 180만 명이라고 합니다."

전두근은 한국전쟁 당시와 같은 기습 남침에 곧바로 후방으로 피신해야 함을 느꼈다.

"그럼 곧 떠나야겠군."

"크흐흑!"

전두근의 말에 비서실장이 무릎을 꿇으며 흐느꼈다.

"왜 그러는가?"

"크흐흑, 각하!"

자신을 부르고는 눈물만 흘리는 비서실장이었다. 문제가 있는 것이 분명했다.

"문제가 있다면 말하게."

"제가 지금까지 드린 보고는 곧 들어올 북한 호위총국의 장교로부터 전해 들은 것들입니다. 수도 서울은 이미 적에게 완전히 점령을 당했습니다."

"그게 무슨……."

전두근이 이해가 가지 않아 되물으려 할 때였다.

"모두 체포해라!"

어리둥절해 있던 전두근은 비서실장이 하는 말이 무슨 뜻인지 되묻지 않아도 되었다.

열려 있는 문 사이로 북한군 복장을 한 군인들이 소총을 들고 안으로 들어온 것이다.

"보고는 끝냈나?"

군인들의 뒤를 이어 들어온 북한군 장교가 비서실장을 향해 물었다.

"크흑, 끝났소."

"기회를 주었으니 여한은 없겠지?"

"마지막 보고를 할 수 있게 해줘서 고맙소. 패전을 했지만 각하에 대한 예우는 지켜주길 바라오."

"어차피 수용소에 갈 처지지만, 그렇게 하도록 하지."

"고맙소."

비서실장은 자신의 바람을 들어준 북한군 장교에게 고개를 숙였다. 옆에 있던 군인들이 그런 그를 끌고 나갔다.

"당신이 남한 괴뢰정권의 수장인 전두근이오?"

"대한민국의 대통령이 바로 나다."

아직도 대통령임을 내세우는 전두근을 향해 북한군 장교가 비웃음을 흘렸다.

"크크크, 아직도 정신을 못 차리고 있군."

"비서실장의 말이 사실인가?"

"그러니 내가 당신 앞에 있는 것이 아니겠소."

"으음……."

경비 병력과 경호 요원들을 뚫고 자신의 침실에 북한군의 장교가 서 있다.

비서실장의 말대로 대한민국의 수도인 서울이 북한에 의해 점령당한 것이 틀림없는 것 같았다.

'어떻게 이런 일이?'

꿈을 꾸는 것 같아 도저히 믿을 수가 없었다.

"믿어지지 않겠지만 조선민주주의 인민공화국은 금일 02시 30분을 기해 대한민국을 점령했소."

멍한 표정으로 자신을 바라보고 있는 전두근을 향해 북한군 장교가 딱딱한 어조로 말했다.

"사실이었군."

전두근의 입에서 자조 섞인 목소리가 흘러나왔다.

"어서 옷을 입는 것이 좋을 것이오. 항복문서에 서명을 해야 하니 말이오. 당신 말대로 대한민국의 대통령이 잠옷 바람으로 국민들 앞에 서는 것은 우습지 않겠소?"

"으음, 알았다."

군인 출신답게 전두근은 곧장 정신을 차리고 굳은 안색으로 옷장으로 향했다.

"쓸데없는 생각은 하지 않는 것이 좋소. 당신이 자살을 한다면 수많은 이들이 죽게 될 테니 말이오."

전두근의 발걸음이 멈춰졌다. 옷장에 숨겨진 권총으로 자살을 생각하던 전두근은 이를 악물었다.

치욕스러운 이름이 역사에 남지 않도록 자살을 할 생각이었지만, 이제는 그럴 수가 없었다.

'이런 꼴을 보려고 내가 이 자리에 오른 것이 아니었는데… 모두가 내 업보다. 크으으.'

주르륵!

전두근의 볼 위로 두 줄기 눈물이 흘렀다.

권력을 얻기 위해 무고한 국민들을 희생시킨 업보가 돌아오는 것 같았다.

1981. 12. 31. (목) 12:00.
서울.

서울은 패닉에 빠져 버렸다. 아니, 그것은 대한민국 어느 곳이나 마찬가지였다.

이른 아침 출근을 서두르던 사람들은 도로 곳곳을 점령하고 있는 인민군들을 보고는 기겁을 했다.

곧바로 집 안으로 숨어든 국민들은 방송을 통해 전두근 대통령의 얼굴을 봐야만 했다.

침통한 얼굴로 담담히 말을 이어가는 전두근 대통령의 모습에 대한민국 국민들은 경악을 금치 못했다.

총소리조차 거의 들리지 않았는데 육해공 삼군이 항복을 했으며, 대한민국의 모든 무력은 북한에 의해 해제를 당했다는 패전 선언이었기 때문이다.

패전을 선언하고 북한과 하나가 되었음을 공포하는 방송은 대한민국뿐만 아니라 전 세계로 송출되었다.

선전포고 직후, 하루도 되지 않은 시간에 대한민국을 집어삼킨 북한의 행보는 세계를 경악시켰다.

휴전 중인 대한민국은 세계 최고 수준이라고 할 수 있는 군대와 전력을 보유하고 있었다. 그런 대한민국이 하루아침에 점령을 당했다는 사실을 세계는 믿을 수가 없었다.

막강한 전력을 가진 대한민국의 군대가 북한을 향해 두 손을 들어버렸다는 사실은 정말 미스터리가 아닐 수 없었다. 군 수뇌부가 일제히 변절을 하지 않는 한 일어날 수 없는 일이 발생한 것이다.

이상한 것은 전투가 거의 없었다는 사실이다. 그리고 더욱 이상한 것은 어디에서나 군인을 거의 찾아볼 수 없다는 것이었다.

연말임에도 불구하고 얼마 전 대통령의 긴급 지시로 인해 대한민국 대부분의 부대는 비상대기 중이거나 작전을 수행 중이었다.

전날만 하더라도 도로에서 이동 중인 군인들을 종종 보았는데, 갑자기 모두 사라지기라도 한 것처럼 보이지 않았다.

대한민국 군대의 항복과 대통령의 패전 선언 이후, 북한의 행보는 그야말로 일사천리였다.

패전 선언 하루 뒤, 180만 명에 달하는 병력에 더해 50만에 달하는 추가 병력이 빠르게 남하해 대한민국 곳곳에 진주했다.

상당한 훈련을 받은 듯, 진주한 북한군은 빠르게 주민들을 통제하고 기간시설을 장악해 나갔다.

정전협정을 감시하기 위한 UN군은 물론이고, 주둔 중인 미군들도 있었지만, 북한의 이런 행보를 막을 수는 없었다.

침략이 시작된 시점에 이미 특수 군단에 의해 전원 무장해제를 당한 후였기 때문이다.

북한은 한국에 주둔하고 있는 외국 군대가 보유하고 있던 무기들을 모두 압수했다. 그리고 패전 선언 이틀 뒤에는 상선을 이용해 주둔군들을 모두 일본으로 강제 출국시켰다.

북한의 조치는 그것뿐만이 아니었다. 해안선을 전부 봉쇄하고, 항공 노선도 전부 폐쇄했다. 한반도 전체를 아무나 드나들 수 없는 곳으로 만들어 버린 것이다.

때문에 북한이 어떤 식으로 대한민국을 점령했는지 전혀 알려지지 않았다.

쫓겨나듯 대한민국을 떠나온 미군들에 의해 알려진 사실은 단 하나뿐이었다.

점령 당시 북한의 특수 군단이 동원됐고, 그들의 활약으로 대한민국이 북한의 손에 들어갔다는 것이었다.

가장 놀라운 것은 점령 당시에 일어난 일이다.

불가사의하게도 인명 피해가 거의 없이 무혈로 대한민국을 점령했다는 것이었다. 무슨 방법을 썼는지는 모르지만, 공화국이 보유한 힘이 만만치 않다는 것을 반증하는 사실이었다.

대한민국의 점령에서부터 UN군과 미군의 강제 출국까지 걸린 시간은 단 이틀에 불과했을 뿐이다.

상황을 지켜보던 일본과 미국은 즉각적으로 반발했다. 대한민국에서 철수하지 않으면 즉각적인 선전포고가 있을 것임을 천명했다.

그러나 즉각적으로 전쟁 준비를 시작한 두 나라는 얼마 지나지 않아 포기를 해야만 했다. 벼랑 끝 전술이라고 일컬어지는 공화국의 외교 전술에 아무것도 할 수 없었기 때문이었다.

놀랍게도 북한은 미국 본토를 직접적으로 타격할 수 있는 다수의 탄도미사일을 보유하고 있다는 사실을 공개했다.

북한이 이런 사실을 공개한 이유는 쓸데없는 전쟁을 피하기 위해서였고, 그것은 일본과 미국에 먹혀들어 갔다. 대한민국의 동맹국을 자처하는 미국은 머뭇거릴 수밖에 없었고, 일본은 뭐 마려운 강아지마냥 꼬리를 말아야 했다.

중국과 러시아도 마찬가지였다. 사태의 심각성을 우려하며 경고를 했지만, 공화국은 아랑곳하지 않았다. 오히려 공화국은 휴전 상태에서 다시 전쟁이 발발한 것이고, 이에 따라 대한민국을 점령한 것은 내정에 관한 사항임을 못 박았다.

그러고는 만약 내정에 간섭을 한다면 전쟁도 불사하겠다고 선언했다.

그냥 해보는 소리라고 일축할 수도 있겠지만, 탄도미사일을 보유하고 있다는 사실에 러시아와 중국도 외교부의 성명을 통해서 우려만 표시할 뿐이었다.

그것뿐만이 아니다.

공화국은 만에 하나 있을 강대국의 도발에 대비한 것인지, 점령 나흘 후에 대한민국의 수도였던 서울의 여의도에서 승전을 기념하는 군사 퍼레이드를 펼쳤다.

그리고 세계가 경악할 만한 군사력을 선보였다.

자신들의 말이 사실임을 증명하기라도 하듯 북한은 100기에 달하는 탄도미사일은 물론이고, 지금까지 한 번도 알려지지 않았던 신형 전투기와 전폭기도 공개했다.

방송이 송출된 이후 세계는 경악하지 않을 수 없었다.

공화국이 퍼레이드를 펼치며 새로 선보인 무기들의 성능까지 공개해 버린 탓이었다.

100메가톤급의 핵탄두를 탑재한 탄도미사일 100기, 최대 속도 마하 3에 스텔스 기능을 갖춘 전투기, 그리고 순항 핵미사일을 장착한 전폭기는 미국과 러시아, 중국 정도만이 보유하고 있는 전략무기들이기 때문이었다.

북한의 정보 공개에 세계는 침묵할 수밖에 없었다.

공화국의 기만 전략일 수도 있다는 언론과는 달리, 각국 정보 기관의 무기 전문가들이 퍼레이드에 나타난 무기들이 진짜임을 확인했기 때문이다.

어떻게 아무도 모르게 그런 전력을 갖출 수 있었는지 의아할 정도의 군사력이었다.

세계를 움직이는 정보기관들은 북한의 움직임은 물론이고, 전력에 대해서도 전혀 모르고 있던 터라 가지고 있는 정보망을 총동원했다.

정보기관들은 분주히 움직였고, 일부나마 정보가 밝혀졌다.

대한민국을 소리 없이 점령한 북한의 숨은 힘이 알려진 것이다.

북한이 전력을 완전히 은폐시킬 수 있던 것은 특별한 단체 때문이었다.

영문명으로는 몬스터 섀도, 한국어로는 매영이라고 불리는 단체였다.

매영은 북한을 완전히 통제하고 있으며, 특별한 능력을 소유한 이들이 모여 만들어진 능력자 조직이라는 사실에 강대국은 또다시 침묵해야만 했다.

자신들만 가지고 있을 것이라고 생각했던 능력자 조직이 북한에 존재하고 있었기 때문이다.

각국의 정보기관 분석가들은 이 또한 전쟁을 막기 위한 공화국의 의도라고 밝혔다.

자신들이 알아낸 정보가 매영이 일부러 공개한 것임을 파악한 것은 정보의 출처 때문이었다.

사실 정보기관들이 알아낸 정보들은 그들의 노력으로 얻어진 것들이 아니었다.

대한민국과 공화국에 잠입해 있던 정보원들이 체포된 후, 어선에 실려 일본에 보내지면서 확보된 것들이었다.

강대국들은 비상이 걸렸다. 동북아시아의 패권에 변동을 일으킬 수도 있는 일이었기 때문이다.

매영에 대해 파악하기 위해 각국의 이면 조직들은 특별한 능력을 가진 정보원들을 한반도로 들여보냈다.

그렇지만 그 누구도 공화국 내부의 정보를 바깥으로 전할 수는 없었다.

잠입한 능력자들은 한 명도 예외 없이 체포되어 수용소로 끌려갔고, 생사 여부조차 불분명했다.

아무리 정보원을 들여보내도 감감무소식이자, 정보기관들은 매영이 가진 힘을 일부나마 확인할 수 있었다.

특급 능력자인 정보원들이 연락을 취하지도 못하고 제압당할 정도라면 매영을 결코 만만히 볼 수 없다고 판단한 것이다.

매영 덕분에 세계는 동북아시아에 새로운 강국이 탄생했음을 인정해야 했다.

막강한 군사력에, 세계 어느 강대국에도 뒤지지 않는 능력자 전력까지 있으니 어쩔 수 없는 선택이었다.

그렇게 세계 역사에서 대한민국은 사라져 버렸다.

너무도 전격적인 일이라 세계가 놀랐지만, 대한민국의 멸망 원인이 무엇인지에 대해 알려진 것은 극히 일부에 지나지 않았다.

북한의 강대한 군사력도, 막대한 능력을 지닌 이면 조직의 존재도 가려진 비밀에 비하면 아무것도 아니었다.

1982. 4. 30. (금) 18:30.
舊 대한민국 서울.

"내가 어떻게 하면 되는 건가?"

"그놈의 아버지가 독립투사라고 알려져 있지만, 전부 날조된 것입니다. 그런 놈이 공화국의 2계급이라니, 그것은 있을 수 없는 일입니다. 마땅히 수용소로 보내야 합니다."

"으음……."

호위총국에서 남쪽으로 파견을 나온 추상철은 고심이 되지 않을 수 없었다. 방금 전에 들은 말들이 전부 거짓이라는 것을 잘 알고 있기 때문이다.

'놓치기는 아까운 일이지…….'

끈 떨어진 연 신세라 남쪽으로 와야만 했다.

뇌물을 바쳐야 중앙으로 진출할 수 있으니, 지금 청탁을 하는 자가 건네는 금괴가 자신에게는 무엇보다 필요했다.

아무런 연고나 자금이 없는 자신에게 있어서 다시는 없을 기회이기도 했다.

'어쩔 수 없지. 이대로 살 수는 없으니까.'

어차피 보고서에서 몇 줄만 바꾸면 되는 일기도 했기에 추상철은 결심했다. 점령지 주민들의 인생이야 빤한 것이기에 자신이 크게 신경을 쓸 이유도 없었다.

"그럼 그자와 가족을 수용소로 보내기만 하면 되는 건가?"

"그렇습니다. 부탁드립니다."

"그렇게 하도록 하지."

"그럼 전 이만."

자신의 부탁이 성공하자 방수환은 가지고 온 검은색 가방을 책상 위에 두고 사무실을 나섰다.

'후후후, 역시 뇌물이 통하는군.'

사무실을 나선 방수환은 기분이 좋았다.

일제에 동조해 재산을 늘린 이는 다름 아닌 자신의 아버지였다. 아무도 모르는 그 사실을 알고 있는 이를 처리했기에 마음이 놓인 것이다.

'그놈은 내가 아직 이곳에 남아 있는 것을 모른다. 보급제가 실시되고는 있지만, 지하 창고에는 1년 정도의 식량과 생필품이

있으니 넉넉잡고 한 달 정도만 틀어박혀 있으면 되겠군.'

자신의 약점을 알고 있는 박상훈은 자신이 북쪽으로 끌려간 줄 알고 있을 것이다. 자칫 일을 그르칠 수 있기에 자신이 거짓으로 밀고한 박상훈이 북으로 끌려갈 때까지 모습을 드러내서는 곤란했다.

'쥐약을 먹었으니 앞으로는 내 부탁을 거절할 수 없을 것이다. 남쪽에 남아 있다가는 어떻게 될지도 모르니 기회를 봐서 그자를 따라 북으로 가야 한다.'

호위총국의 파견 장교인 추상철에게 10킬로그램의 금괴를 건넸다. 그럼에도 자신에게는 아직 200킬로그램에 달하는 금괴와 다이아몬드를 비롯한 보석들이 남아 있었다.

추상철을 이용해 공화국에 대한 충성을 증명하고, 신분을 바꾼 후에 북쪽으로 이주하면 그다음은 아주 쉬웠다.

북쪽에서 무사히 지내다가 러시아연방의 연줄을 이용해 한반도를 떠나면 그만이었다.

'후후후!'

오래전부터 계획해 온 일이 있다. 러시아로 넘어가 거래를 트는 일이다. 남아 있는 기반 때문에 망설였지만, 이제는 대한민국이 망한 마당이라 그럴 필요가 없어졌다.

'나로서는 오히려 잘된 일이지. 그것이 있으니까 러시아로 가기만 하면 기회를 얻을 수 있을 테니 말이야.'

이번 기회에 자신의 부친이 남긴 것을 러시아연방에 넘길 생각이다. 그렇게 되면 모르긴 몰라도 새롭게 변화하는 세상에서 한자리 차지할 수 있을 터였다.

'오랜만에 한잔 마셔야겠구나. 그동안 뜸했으니.'

집으로 돌아가 보드카를 마셔야겠다는 생각이 들었다. 러시아로 가게 되면 그곳 생활에 적응을 해야 하니 말이다.

가벼운 발걸음으로 건물을 나선 방수환은 도로를 가로질러 자신의 집으로 향했다. 곳곳에 설치된 초소에서 검문을 실시했지만, 발급 받은 통행증을 보여줬기에 집에 무사히 도착할 수 있었다.

방수환이 떠난 후, 추상철은 보고서 하나를 작성했다. 일제강점기 당시 731부대의 부역자에 관한 보고서였다.

본래는 독립군 스파이로 731부대의 실상을 파악하기 위해 잠입한 사람이지만, 추상철에 의해 부역한 자로 변조가 되었다.

보고서를 다 작성한 추상철은 다시 한 번 내용을 꼼꼼하게 검토했다.

'이 정도면 알아차릴 사람은 없을 것이다. 누가 관심 있게 볼 보고서도 아니고.'

"후우."

쾅!

한숨을 크게 쉰 추상철은 떨리는 손으로 책상 위에 놓인 인장 하나를 집어 들고는 보고서 위에 찍었다. 일제 부역자 가족으로 변조된 박상훈의 보고서에는 5급이라는 인장이 선명히 찍혔다.

"부관!"

추상철은 밖에서 대기 중인 부관을 불렀다.

"부르셨습니까?"

"이 보고서들을 상부로 올려라."

추상철은 담당하고 있는 지역의 주민들에 대한 분류 보고서를 부관에게 주었다.

"알겠습니다."

"이송은 언제부터 실시된다고 했지?"

"다음 달 말부터 시작될 것이라고 전통이 왔습니다."

"좋아. 차질이 없게 준비에 만전을 기하도록."

"예, 대좌 동지!"

"그만 나가보게."

척!

추상철의 부관은 경례를 한 뒤 곧바로 사무실을 빠져나갔다. 부관이 가지고 나간 박상훈 일가에 대한 보고서는 다른 보고서와 섞여 곧바로 상부로 제출되었다.

'어차피 운에 따라 좌우되는 인생이라지만, 정말 운이 없는 가족이군. 하지만 그리 원통해할 필요는 없을 것이오.'

자신에게 뇌물을 바치며 다른 이를 무고한 자를 그냥 둘 생각은 없었다. 독립투사의 자손임이 분명한 이를 무고한다는 것은 약점이 잡힐 일이 있다는 것을 뜻했다.

말도 안 되는 죄를 덮어씌우려 했던 것을 보면 부역의 당사자는 방수환의 아버지가 틀림없었다.

'무엇보다 10킬로그램이나 금괴를 건넨 것을 보면 그보다 많은 재산을 가지고 있을 것이 분명하니 놈도 처리를 해야겠군. 살려두었다가는 내 약점을 잡으려고 할 놈이니 말이야.'

수작을 부리는 것이 빤했다. 놈을 처리하고 감추어둔 것들을 빼앗는다면 좀 더 큰 기회를 잡을 수 있기에 추상철의 눈가가 서늘해졌다.

어두운 밤, 주택가로 누군가 조심스럽게 다가섰다.

예전이면 환했을 주택가 골목은 무척이나 어두웠다. 북한 점령군이 불필요한 전력은 모두 끊어버린 터라 켜져 있는 보안등이 없는 탓이었다.

주택 주변을 훑어보던 그는 적색 벽돌로 쳐진 담을 넘었다.

'죽일 놈. 네놈이 이곳에 숨어 있는 것을 안다.'

자신의 아버지와 함께 731부대에 잠입했다가 끝내 배신을 하고 동지들을 팔아먹은 자의 아들이 살고 있는 집이었다.

'죽일 놈들! 동족의 한과 피가 서린 그것을 욕심에 눈이 어두

워 가로채다니.'

동지들을 배신한 것뿐만 아니라 그들의 재산까지 모두 빼앗아 호의호식한 것은 그렇다고 칠 수 있다.

하지만 독립군이 확보하려고 했던 것을 빼돌린 것은 용서할 수 없었다. 그로 인해 민족의 운명이 뒤틀렸기 때문이다.

'그놈은 끝내 그것이 무엇인지 모르고 죽은 것이 분명하다. 방수환 그자도 중요하다는 것만 알고 있을 뿐, 그것이 무엇인지 모르는 것 같고.'

가로챈 것이 무엇인지 알았다면 벌써 대한민국을 떠났을 놈들이다.

'분명히 떠나려고 준비를 한 것이 분명하다. 그렇지 않았다면 제 몸을 그렇게 소중하게 여기는 놈이 이렇게 어수선한 시국에 직접 나설 리 없을 테니까.'

어제까지는 찾아볼 수 없던 북한군이 집을 감시하기 시작했다. 북한이 점령한 후 병력을 동원할 수 있는 이는 한정되어 있었다. 방수환이 예전처럼 뇌물을 주고 자신을 처리하려고 부탁을 한 것이 분명했다.

'오늘밤에는 시간이 없을 것이다. 놈을 처리하고 그것을 확보해야 한다.'

주어진 시간이 얼마 없다는 것을 알기에 방수환이 빠져나가기 전에 물건을 확보해야 했다.

박상훈은 조심스럽게 담장을 넘었다.

어둠을 이용해 담장 너머 마당으로 들어선 박상훈은 현관으로 간 후, 허리춤에 숨긴 단검을 꺼내 들었다.

푹!

놀랍게도 철제로 만들어진 문고리 위로 단검이 거의 소리를 내지 않고 박혔다.

서걱!

단번에 잠금장치를 잘라 버린 박상훈은 조심스럽게 현관문을 열고 들어갔다.

예상대로 집 안에는 온기가 없었다.

'이미 예전에 네놈이 만들어놓은 곳을 파악해 두었다.'

건축 일로 생계를 이어가던 그였기에 건물이 지어질 때 이미 지인을 통해 설계도를 확보했다. 바깥에서는 출입구가 없게 만들어진 지하실이 있었다. 건물 안에서만 드나들 수 있는 은신처가 지하에 비밀스럽게 만들어진 것이 틀림없었다.

박상훈은 조심스럽게 응접실을 살폈다.

'저곳이 출입구다.'

자신이 보았던 설계도와 바뀐 부분이 있었다. 지하로 통하는 출입구 위로 2층으로 올라가는 계단이 놓여 있는데, 원래 설계도에는 없던 것이다.

계단으로 가서 나무로 막힌 옆면을 살폈다.

'저것을 돌리면 출입구가 열리게 되어 있는 것 같은데…….'

계단 옆벽에 달린 작은 등이 출입구를 여는 장치가 틀림없지만, 섣불리 손을 댈 수 없었다.

문을 열다가 안에 숨어 있는 방수환에게 알려지기라도 한다면 일을 그르칠 수 있기 때문이었다.

'어차피 이번이 아니면 기회가 없다.'

예전의 대한민국이 아니다. 어떻게 될지는 모르지만, 나라를 수복하기 위해서는 반드시 필요한 것이기에 위험을 감수하고서라도 움직여야 했다.

끼기긱!

등을 잡고 옆으로 돌렸다.

스르르륵!

벽면이 옆으로 밀려나며 출입구가 열렸다. 어두운 계단 끝에 문이 있었다.

'이곳이 네놈의 무덤이 될 것이다.'

가문 대대로 내려온 무예를 수련해 왔기에 그나마 자신감을 가질 수 있었다. 날카로운 감각이 놈의 위치를 알려줄 것이기 때문이다.

'놈이 기다리고 있을 것이다. 기척이 드러나는 순간 곧바로 공격을 해야 한다.'

계단을 따라 밑으로 내려갔다. 문 앞에 선 박상훈은 감각을 최대한 끌어 올리며 문 안쪽을 살폈다.

문 뒤에서 들려오는 작은 기척이 느껴졌다.

'역시 혼자구나.'

호구조사가 시작되자마자 가족들을 버리고 안가로 피신한 것이 분명했다. 아버지를 닮아 자신을 위해서는 가족까지 버릴 수 있는 놈이었다.

　박상훈은 쥐고 있는 단검에 기운을 불어넣었다. 단검이 희미하게 빛을 발했다. 박상훈은 벽을 향해 있는 힘껏 단검을 찔러넣었다.

　푹!

　'됐다.'

　주르륵.

　단검을 잡아 뽑자 핏줄기가 벽면을 타고 흘렀다. 방수환을 처리했다고 생각한 박상훈은 문을 열고 안으로 들어갔다.

　백열전구가 켜진 은신처 안은 상당히 밝았다. 문 바로 옆에는 방수환이 바닥에 쓰러져 있었다. 그의 가슴에서는 붉은 피가 뿜어져 나오고 있었다.

　"죽일 놈!"

　박상훈은 쓰러져 있는 방수환을 힐끔 바라본 후, 은신처를 뒤지기 시작했다. 그러자 얼마 후, 벽장 안에 만들어진 비밀 금고를 찾을 수 있었다.

　"한 번밖에는 사용할 수 없을 것 같구나."

　조금 전, 방수환을 죽이기 위해 과도하게 진력을 썼다. 남아 있는 것은 겨우 한 번 사용할 정도의 양이었다.

　푹!

박상훈은 비밀 금고의 잠금장치 부분에 단검을 찔러 넣고는 헤집어 버렸다. 잠금 장치가 해제되자 금고 문을 여는 것은 금방이었다.

금고 안에는 누런빛을 발하는 금괴들과 상당한 양의 달러, 그리고 뭔가가 담긴 주머니들이 들어 있었다.

박상훈은 주머니들을 뒤지기 시작했다. 다이아몬드가 들어 있는 것도 있고, 루비가 들어 있는 것도 있었다.

"이거군."

세 번째 주머니를 뒤졌을 때, 원하는 것을 찾을 수 있었다. 아주 투박해 보이는 구슬이었다.

박상훈은 구슬이 담긴 주머니를 품에 넣은 후, 등에 짊어진 가방을 풀었다. 등산용으로 만들어진 백팩이었다. 금고 안에 들어 있는 금괴와 외화를 비롯해 보석들은 백팩 안에 넣었다.

"으음."

등에 짊어지자 제법 묵직했지만, 그리 부담이 되는 무게는 아니었다.

"나가자."

박상훈은 곧바로 은신처를 나섰다. 그러고는 밖으로 나와 건물 뒤편으로 향했다. 그곳에는 LPG 가스통과 보일러에 사용하기 위해 비치해 둔 기름통들이 있었다.

박상훈은 가스통과 기름통을 옮겨 집 안 곳곳에 기름을 흠뻑 뿌렸다. 뒤이어 가스통의 밸브를 연 후에 잘게 찢어 기름을 흠

빽 적신 커튼을 이용해 도화선을 만들었다.

"후우, 잘 가라. 묻어주지는 못하지만, 화장은 해줄 테니."

박상훈은 주머니에서 라이터를 꺼내 기름에 흠뻑 젖은 커튼에 불을 붙였다.

화르르르!

불이 붙자마자 박상훈은 재빠르게 담을 넘었다. 곳곳에 북한군의 초소가 있는 만큼 화광이 충천하기 전에 벗어나기 위해서였다.

콰콰쾅!!

박상훈이 벗어나고 1분이 조금 지난 후, 폭발음과 함께 붉은 화염이 치솟았다.

갑작스럽게 일어난 폭발음에 근처의 시선이 쏠렸다. 초소에서 경비를 하던 북한군들이 화재가 난 장소로 몰려들었다.

박상훈은 경비 병력들이 우왕좌왕하는 틈을 이용해 은밀하게 초소를 벗어난 후, 자신의 집으로 향했다.

부우우웅!

박상훈이 어둠 속으로 사라진 후, 얼마 지나지 않아 북한군 지휘관이 타는 차량 하나가 나타났다.

방수환의 집으로 향하는, 추상철이 탄 차량이었다.

"저곳은?"

화광이 솟아오르는 것을 발견한 추상철은 그곳이 방수환의 집임을 직감했다.

"어서 가라."

"예, 대좌 동지."

운전병에게 지시를 내린 추상철은 바쁘게 머리를 돌렸다.

'조심스러운 성격이라 화재가 발생할 만한 일은 만들지 않을 자였다. 그렇다면……. 저 불은 방화가 틀림없다.'

집으로 다가갈수록 짙어지는 기름 냄새에 추상철은 누군가 방수환에게 손을 썼다는 것을 확신할 수 있었다.

사방에 불이 붙고, 화염이 엄청난 화재였다. 방화가 아닌 이상에는 일어날 수 없는 현상이었다. 누군가 손을 쓴 것이 틀림없었다.

"차를 돌려 이 주소로 가라."

더 이상 볼 것도 없었다. 추상철은 주소 하나가 적힌 쪽지를 운전병에게 주었다. 방수환이 모함한, 박상훈이 거주하고 있는 주소였다. 방수환의 집과 그리 멀리 떨어지지 않은 곳이었다.

서둘러 박상훈의 집으로 간 추상철은 운전병과 함께 집 안으로 들이닥쳤다.

쾅!

반지하 주택의 문을 부수고 들어간 추상철은 놀라 눈을 부릅뜬 두 사람을 볼 수 있었다. 박상훈의 아들인 박준호와 그의 처인 강미소였다.

"무, 무슨 일입니까?"

"박상훈은 어디 갔나?"

"아, 아버님은 먹을 것을 구하러 나가셨습니다."

날카로운 추상철의 질문에 박준호는 벌벌 떨며 대답을 했다.

"먹을 것을 구하러 갔다? 이 시간에 말이냐?"

"제 처가 아이를 가져서 잘 먹어야 한다고 부득불 나가셨습니다."

박준호의 변명에 강미소를 바라보니 배가 많이 불러 있었다.

"사실이냐?"

"사, 사실입니다."

"그거야 기다려 보면 알겠고. 언제 돌아온다고 했나?"

"모르겠습니다. 어떻게든지 식량을 구하겠다고 말씀하시고만 나가셨습니다."

"오늘 안으로는 돌아오겠지."

자신의 예감을 확인하기 위해 추상철은 방에 철퍼덕 주저앉았다.

"넌 바깥에 나가 박상훈이 오나 살펴봐라."

"예, 대좌 동지."

추상철의 지시에 운전병은 곧바로 바깥으로 나갔다.

'왜 우리 집에?'

불을 지르고 집으로 돌아오던 박상훈은 집 앞에 서 있는 북한군의 차를 보고는 몸을 숨겼다. 밖으로 나오는 운전병을 본 박상훈이 일이 심상치 않음을 깨달았다.

'그놈이 낮에 북한군을 만났다면……'

방수환과 연관된 자가 분명했다. 그렇지 않다면 이곳에 있을 이유가 없었다.

'이대로는 집으로 들어가지 못한다.'

몸에서 석유 냄새가 진동을 했다. 방수환의 집에 불을 지른 것을 알고 왔다면 문제가 심각했다.

'일단 이곳을 벗어나자.'

잘못하면 아들 내외에게 화가 닥친다. 우선 자리를 벗어나 다음 일을 생각할 때였다.

박상훈은 조심스럽게 골목길을 나선 후, 동네 뒤에 있는 북한산으로 올라갔다. 산길을 올라가 그가 찾아간 곳은 커다란 평상을 닮은 바위였다. 평상 같은 바위 아래에는 작은 틈이 있었다. 어린아이가 들어갈 틈 안에는 상당히 큰 공간이 있었다.

아들이 어린 시절에 화가 난 자신을 피해 도망가 숨어 있던 곳이었다.

박상훈은 품 안에서 작은 주머니를 꺼내 열었다. 그러고는 주머니 안에 들어 있는 구슬을 꺼내 들었다. 투박한 구슬인데, 옅은 붉은색이 감돌고 있었다.

박상훈은 구슬을 호주머니 속에 넣었다.

뒤이어 등에 진 백팩을 내리고는 단검과 주머니를 집어넣은 후 바위틈 안으로 밀어 넣었다.

박상훈은 조금 떨어진 곳에서 작은 바위들을 옮겨 와서는 틈을 막고 낙엽들을 이용해 가렸다.

'이제는 옷에서 석유 냄새를 날려야 한다.'

아직 4월이라 쌀쌀한 날씨지만, 박상훈은 개의치 않고 옷을 벗어 털었다. 옷에 묻은 석유를 날려 버리려는 것이었다.

한참을 털어 석유 냄새를 뺀 후에 옷을 입었다.

'일단 식량부터 구해야 한다.'

집으로 들이닥친 인민군들은 자신의 행방을 물었을 것이 분명했다. 아들에게 말해놓은 것이 있기에 식량을 구해야 했다.

'아까 그놈의 은신처에서 가지고 나올 것을······.'

더러운 돈으로 구한 식량을 손자를 가진 며느리에게 먹일 수 없어 가지고 나오지 않았다. 후회가 됐지만 이제는 어쩔 수 없는 일이다.

'인민군들이 징발한 식량 창고를 털자. 아직 석유 냄새도 남아 있고, 잡히더라도 핑계를 댈 수 있을 테니.'

박상훈은 곧장 배급을 나눠 주는 보급 창고로 향했다. 예전에 농협에서 관리하던 창고였다.

'전에 봐두었던 곳으로 가자.'

상당수의 경비 병력들이 있지만, 개의치 않고 조심스럽게 창고로 접근했다.

경비하는 병력도 예상보다 적고 창고가 워낙 큰 탓에 틈이 있었다. 경비병들의 시선을 피해 창고와 붙어 있는 건물 옆으로 간 박상훈은 건물과 건물 사이를 비집고 들어갔다.

건물의 수선을 맡았을 때 담당자가 예산 부족을 이유로 다음에 수리하자고 했던 환풍구가 보였다.

'그대로군.'

박상훈은 허리를 숙인 후 낡은 환풍구를 조심스럽게 뜯어냈다. 그러고는 조심스럽게 안으로 들어갔다.

창고 안에는 생필품과 식량들이 잔뜩 있었다.

박상훈은 우선 물건들을 싸 갈 것을 찾았다. 한쪽 구석에 포대가 있기에 하나 주워 들었다.

식량을 구하는 것이 어려워질 수 있기에 통조림을 챙겼다. 과일과 육류 위주로 통조림들을 챙긴 박상훈은 조심스럽게 들어왔던 곳으로 나갔다. 뜯어낸 환풍구를 다시 걸쳐 놓고는 조심스럽게 발걸음을 옮겼다.

건물과 건물 사이가 그다지 넓지 않아 많이 챙겨 가지 못하는 것이 아쉬웠지만, 빨리 돌아가야 할 때였다.

길이만 100미터에 가까운 거리고, 시선이 가려진 곳이라 순찰을 도는 경비병을 피해 무사히 벗어날 수 있었다. 보안등이 켜지지 않은 까닭에 숨어서 움직이는 것이 편했다.

제2장

컥!

정신을 차리자마자 비릿한 액체가 목구멍을 타고 들어온다. 숨을 쉬려 하지만 쉴 수가 없다.

'치, 침착하자.'

당혹스러운 마음을 애써 가라앉히자 편해졌다.

'온 건가?'

영혼을 비틀어 시간의 빈틈을 파고들었는데 다행스럽게도 목표한 시간대에 도착한 것 같다. 목을 통해 들어온 액체가 양수인 것 같으니 말이다.

마음을 진정시키고 주변을 느끼려 애를 썼다. 태아의 몸이라

어렵기는 하지만, 지금은 주변을 아는 것이 제일 시급한 과제다.

태아인 상태라 보이지는 않지만 느낄 수는 있다.

감각이 확장되며 점차 뭔가가 느껴진다.

'엄마!'

어릴 적에 다른 세계로 사라져 버리신 어머니의 기운이 느껴진다.

컥!

울컥하는 기분에 평정심이 흐트러져 다시 양수를 들이켰다.

'침착하자. 어차피 길을 찾아놓은 상태이니.'

마음을 가라앉히자 심신이 평안해졌다.

'아버지도 계시는구나.'

어머니의 손을 잡고 계신 것인지, 아버지의 기운도 느껴진다. 거칠지만 푸근하던 아버지의 품이 생각난다.

'으음, 두 분이 긴장하신 것을 보면 주변에 위협이 될 만한 존재가 있는 것이 분명하다.'

강단이 대단하신 분들이 긴장한 것을 보면, 위험한 상황에 놓인 것 같다.

'알아봐야겠구나.'

어떤 일인지 확인하기 위해 나와 어머니를 중심으로 감각을 확장시켰다.

'으음, 이 기운은?'

언젠가 한 번 마주했던, 익숙한 기운이다.

'그럴 리가?'

의심이 들어 다시 한 번 기운을 확인했지만 틀림없었다. 한 번밖에 보지 않았지만 강렬한 여운이 가시지 않던 추상철 장군의 기운이다.

'중국과의 전쟁 당시 전장을 지휘하던 그의 기운이 틀림없다. 놀랍군, 이 시간대에 이 사람과의 접점이 있었다니……..'

세상을 두고 각축을 벌이던 존재들 중 하나가 지금 시간대에 어머니와 마주하고 있다니, 경악할 일이었다. 그녀와의 인연으로 처음 접점이 생긴 줄 알았는데, 추상철과의 처음 만남이 이때 이루어졌다니 말이다.

'그렇지만 아직은 걱정 없겠다. 아직 각성하기 전 같으니 말이다.'

폭풍같이 전장을 휩쓸던 추상철이다. 대적할 상대가 거의 없을 정도로 모두가 두려워한 초강자였던 그다.

정말 다행스러운 일이 아닐 수 없다. 만약 추상철이 각성한 상태라면 문제가 커졌을 것이다. 이렇게 가까이 있게 되면 아무리 태아 상태일지라도 내 존재에 대해서 알아차렸을 테니 말이다.

'세상이 변하기 시작한 초기 단계니 다들 각성하기 전이겠지만, 이런 접점이 계속 있을 수도 있으니 앞으로 최대한 조심해야겠다. 예상보다 빨리 각성한 존재들도 있을 테니까.'

세상을 뒤흔든 초강자들이 각성한 시기는 거의 알려지지 않았다. 변화가 가속되는 것은 앞으로 20년 후지만 그보다 빨리 각성할 수도 있기에 조심해야 한다.

'지금은 태아인 상태이니 내 존재가 드러날 염려는 거의 없을 것이다. 조금만 더 지켜보자. 문제가 닥치면 곧바로 봉인해야겠지만, 별다른 문제가 없다면 세상에 나가기 직전에 감추는 것이 좋을 테니까.'

부모님이나 할아버지로부터 들은 적이 없는 상황이지만 북쪽으로 끌려가기 직전이라는 것은 틀림없다. 추상철과 접점이 있을 만한 시기는 대한민국이 점령당한 직후밖에 없으니 말이다. 세상에 나가기 전까지는 최대한 준비를 해야 할 것 같다.

'신체 기관이 아직 제대로 형성되지 않았으니 일단 영혼의 감각이라도 최대한 확장을 해놓자. 각성하기 전이라면 추상철도 영혼의 감각에 대해서 알 수 없을 테니까.'

영혼이 비틀리고 시간의 역전을 만드느라 대부분 소진되기는 했지만, 스피릿 파워가 아직도 많이 남아 있는 상태. 전처럼 힘을 쓰지는 못할 테지만, 감각을 확장하고 단련하는 것은 가능한 일이니 집중을 해봐야겠다.

천천히 감각이 확장되어 간다. 제7의 감각이라 불리는 영혼의 눈이다. 영혼의 눈은 불가에서 말하는 육신통 중 천이와 천안에 버금가는 능력으로, 오감을 넘어선 육감보다 더욱 정확하게 세상을 인지할 수 있다.

'오시는구나.'

감각을 확장해 나가는 도중에 익숙한 기운이 느껴졌다. 오랜 세월이 지났어도 잊혀지지가 않는 기운이다. 할아버지는 내가 태어나기 전부터 기운을 다룰 수 있는 분이었으니 말이다.

'그나저나 그것을 이때부터 가지고 계셨던 모양이구나.'

할아버지의 기운 말고도 익숙한 것이 느껴진다. 끝내 다 흡수하지 못했던 미지의 기운이다.

'그린 하트와 할아버지가 가지고 계신 것을 완전히 내 것으로 만들어야 한다. 내가 실패한 근본적인 이유가 그것들을 얻고도 완전한 내 것으로 만들지 못했기 때문이니까.'

반드시 얻어야 하는 것들이다. 그중에서도 지금 할아버지가 가지고 계신 것은 완벽하게 내 것으로 만들어야 한다. 그래야 그린 하트를 완전하게 흡수할 수 있을 테니까 말이다.

'할아버지도 추상철의 존재를 느끼신 모양이구나.'

할아버지가 집으로 돌아오시다가 뒤로 물러나시는 것이 느껴진다.

가지고 계신 힘을 사용할 수도 있으시겠지만 그러시지 않은 것을 보니, 특유의 위기감이 작동한 모양이다. 각성하기 전이라지만 추상철은 그리 호락호락한 자가 아니니 말이다.

'뭐지?'

조심스럽게 이동을 하며 집에 가까이 왔을 때, 박상훈은 숨어 있는 자의 기척을 느낄 수 있었다.

'강한 자다.'

은밀한 기척을 통해 자신보다 하수가 아님을 직감한 박상훈은 섣불리 움직일 수 없었다.

'나를 기다리고 있는 것이 분명하다. 그냥 들어갈 수는 없으니, 놈들이 먼저 움직이기를 기다리는 수밖에 없다.'

박상훈은 평범한 사람처럼 초조한 눈빛으로 골목길에 숨어 차량을 확인하는 척했다. 누가 보더라도 불안해하는 모습이었다.

척!

"헉!"

귓가에 어리는 차가운 느낌에 박상훈은 비명을 질렀다. 그의 귓가에 닿은 것은 권총이었다.

"박상훈인가?"

"그, 그렇습니다."

"어디 갔다가 오는 길인가?"

추상철의 물음에 박상훈은 낭패한 표정으로 떨어진 자루를 바라보았다.

"보급 투쟁을 한 모양이군. 어디서 난 건가? 보급 창고에서 훔친 건가?"

"잘, 잘못했소. 며느리가 손주 아이를 가졌소. 며칠 동안 제대로 먹지를 못해서 먹을 것들을 훔칠 수밖에 없었소."

"······."

"아들과 며느리는 상관이 없소. 어차피 얼마 있지 않아 죽을 몸이니 나만 처벌해 주시오."

말이 없는 추상철을 보며 박상훈은 다급히 변명을 했다. 자신이 저지른 일의 여파가 아들 내외에게 미칠까 두려워서였다.

'식량과 생필품은 전부 한곳으로 모은 상태니 저만한 양이면 그곳밖에는 없는데… 대단한 양반이군.'

보급 창고에 무단으로 침입하는 자는 이유 여하를 막론하고 총살이다. 목숨이 위험한 상황인데도 며느리를 위해 식량을 훔쳐 냈다. 팍 삭은 모습이지만 노동 일을 오래한 덕분인지 뼈마디가 굵었다. 거기다가 며느리를 위해 목숨을 걸 수 있는 강단까지. 여러모로 대단한 노인이었다.

"공화국이 그리 인심이 야박한 곳은 아니오. 며느리를 생각하는 마음이 가상해 이번만은 용서하겠소. 하지만 다음번에는 용서하는 일이 없을 것이오."

"고, 고맙소."

"그런데 어떻게 식량 창고에 들어간 것이오?"

"얼마 전에 그 창고를 수리할 때 보아두었던, 고장 난 환풍구가 있었소. 그리로 해서 안으로 들어갔소."

"쥐새끼들이 드나들지 못하도록 환풍구를 막아야겠군. 임무를 게을리한 놈들도 모두······."

창고 안도 순찰을 돌도록 했는데 자신의 명령을 무시한 모양이었다. 아무리 끈 떨어진 연 같은 신세라도 바로잡아야 할 일이었다.

"다시 한 번 말하지만, 이번만 용서하는 것이오, 동무."

"알겠습니다."

박상훈이 고개를 숙였다.

"어서 챙겨 가지고 들어가시오."

"고맙소."

추상철은 박상훈으로부터 아무런 혐의를 찾을 수 없었다. 들고 있는 봉투를 보니 방수환의 집에 불을 지를 만한 여가가 없었을 것 같았다.

박상훈이 집으로 들어가는 모습을 확인한 추상철은 손짓을 해 근처에 숨어 있는 운전병을 불렀다.

"보급 창고로 가자."

추상철은 운전병에게 한마디 한 후 곧바로 차를 타고 창고 쪽으로 떠났다.

비록 혐의가 없다고는 하지만 박상훈의 말이 사실인지 확인을 해봐야 할 것 같았기 때문이다.

추상철이 떠난 모양이다. 할아버지의 기운을 느끼고 곧바로 나가더니 확인을 끝낸 것 같다.

'나보다 늦기는 했지만 분명히 할아버지의 기척을 알아차리고 움직였다. 각성하기 전임에도 능력자에 버금가는 힘을 지녔

다니, 대단한 자다.'

세상이 바뀌고 전쟁의 양상이 변했다. 능력자와 초월자들이 나타나고 총이나 대포 같은 현대 화기가 아닌 칼과 마법이 난무했다.

그런 세상에서 추상철은 일인군단이라 불렸다. 각성 전에도 이런 능력을 가지고 있었다면 그가 얻은 칭호에 대한 설명이 충분히 이해가 되었다.

'할아버지는 가족들을 위해 끝없이 희생을 하셨구나. 아주 위험했을 텐데…….'

북쪽에서 대한민국을 점령한 후, 무수히 많은 사람들이 죽어나갔다. 반항의 기미가 보이면 사람들을 가차 없이 죽였다. 그것도 총을 사용하는 것이 아니라 칼 같은 것을 이용해 공포감을 조성해 가며 반기를 든 이들을 죽였다.

또한 그들에 못지않게 많이 죽어 나간 사람들은 보급품을 훔친 이들이었다. 북쪽의 사람들은 대한민국을 점령하자마자 모든 물자를 통제했다.

특히나 식량은 겨우 연명할 정도만 배급을 했다. 배고픔을 이기지 못해 식량을 훔쳤던 자들은 잡힐 경우 대부분 사형이었다. 그냥 죽이는 것이 아니라 사도세자처럼 상자에 가두고는 굶겨 죽였다.

그럼에도 가족을 위해 식량을 훔쳐 오다니, 할아버지는 정말 대단한 분이셨다.

할아버지를 비롯해 부모님이 식사를 시작했다. 통조림 같은 것이 분명했지만, 상당히 굶주리셨는지 허겁지겁 드신다. 그 와중에도 아내와 며느리를 위해 양보를 하시는 두 분을 보니 가슴이 뜨거워졌다.

'당분간은 굶주릴 염려는 없을 것 같고, 일단 영혼의 눈을 찾은 상태니 따라가 보자.'

추상철은 세계의 향방을 좌우할 중요한 인물 중 하나다. 나를 가지고 놀았던 자들과 연관이 되어 있을지도 모르니 살펴봐야 할 것 같다.

차를 이용해 빠르게 움직이고 있지만 찾아가는 것은 그리 어렵지 않은 일이다. 그의 기운은 영혼에 새겨진 상태니 흔적만 쫓아가면 금방일 것이다.

'허수아비 같은 새끼들! 욕심에만 찌들어 가지고.'

차를 타고 식량 창고에 도착한 추상철은 허둥대는 경비 병력을 볼 수 있었다.

"충성!"

"경비 장교는 어디 있나?"

"숙소에 계십니다."

"데려와라."

추상철은 경비병으로 하여금 경비 장교를 데려오도록 했다.

얼마 있지 않아 누군가 초소로 달려왔다. 뭘 하다 왔는지 옷도 제대로 챙겨 입지 못하고 도착한 경비 장교가 추상철에게 경례를 했다.

"충성!"

짝!

추상철은 가차 없이 경비 장교의 뺨을 때렸다.

도착할 때부터 허둥대는 경비대를 보고 개판으로 근무를 서고 있다는 것을 확인한 후 심기가 불편하던 추상철이었다. 경비 장교인 상위의 옷차림이 무엇을 뜻하는지 아는 까닭에 기분이 더욱 나빠졌다.

"운전병, 넌 곧바로 저놈의 숙소로 가서 무슨 일이 있었는지 확인하고 와라."

운전병에게 지시를 내린 추상철은 노한 눈으로 경비 장교를 바라봤다. 경비 장교는 불안한 눈빛으로 추상철과 자신의 숙소를 번갈아 바라보며 눈치를 살폈다.

잠시 뒤, 운전병은 얼굴이 벌겋게 부은 소녀 하나를 데리고 초소로 돌아왔다. 소녀의 손에는 봉투 하나가 꼭 쥐여져 있었다.

"상위! 네가 뭘 잘못했는지 알고 있나?"

"대, 대좌 동지!"

"따라오도록!"

추상철은 말없이 초소를 나선 후, 창고로 향했다.

"문을 열어라."

추상철의 지시에 경비병들이 서둘러 창고 문을 열었다. 안으로 들어선 추상철은 불을 켜게 한 후, 창고를 둘러보았다. 얼마 지나지 않아 박상훈이 침입한 흔적을 찾을 수 있었고, 여기저기 비어 있는 물품들을 확인했다.

퍽!

주춤주춤 뒤를 따르고 있던 경비 장교의 복부에 추상철의 주먹이 틀어박혔다.

"쥐새끼가 드나드는 줄도 모르고 식량을 이용해 계집을 탐하다니. 그것도 이제 갓 초경이 지난 어린 소녀를 말이야."

싸늘한 목소리와 함께 추상철은 자신의 허리춤에서 권총을 빼 들었다.

"대, 대좌 동지!"

"너 같은 놈은 공화국의 수치다."

타앙!

추상철은 상위의 머리를 향해 권총을 발사했다. 눈을 부릅뜬 채 쓰러진 상위를 바라보는 경비병들의 얼굴이 사색이 되었다.

"너희들의 죄는 묻지 않겠다. 하나, 다시 한 번 이런 일이 발생했을 때는 결코 용서하지 않겠다. 저놈의 시체를 치우도록!"

경비병들이 벌벌 떨며 상위의 시체를 끌고 밖으로 나갔다.

시체를 끌고 나가는 경비병들을 바라보던 추상철의 눈에 소녀가 들어왔다.

운전병에게 이끌려 창고 안까지 들어온 모양이었다.

입술을 꽉 깨물고 있는 소녀의 두 볼에는 눈물이 흐르고 있었다.

'성정이 대단한 아이로군.'

추상철은 묘한 눈으로 소녀를 바라보았다.

비록 눈물이 흐르고 있지만, 눈동자에 어린 차가운 빛을 놓치지 않은 것이다.

"나를 따라가겠느냐?"

"아저씨도 나를 원하는 건가요?"

"아니. 네 눈빛이 마음에 들어서다."

"아저씨를 따라가면 굶는 일은 없는 건가요?"

쥐꼬리만큼 배급을 받지만 그것마저도 대부분 불량배들에게 빼앗겨 굶주려왔던 소녀로서는 굶는 것이 가장 큰일이었다.

"굶는 일은 없을 것이다."

"좋아요. 그러면 아저씨를 따라갈게요."

고아인 김소정으로서는 선택의 여지가 없었다. 살아남기 위해서 추상철을 따라가는 것이 가장 나아 보였다.

"가자."

추상철은 소정을 이끌고 창고를 나섰다. 운전병이 곧바로 차를 댔고, 자신의 숙소로 돌아갔다.

"저기서 씻어라."

추상철은 소정을 욕실로 보내 씻도록 했다. 며칠 동안 씻지 않아서인지 보기가 안 좋았다.

"고마워요."

김소정은 욕실로 들어가 지저분한 옷을 모두 벗은 후 수도꼭지를 돌렸다.

쏴아아아!

"아!"

따뜻한 온수가 몸을 적시자 등을 따라 전율이 일었다. 샤워가 이렇게 좋은 것인지 정말 몰랐다.

"씻어야겠지."

경비 장교의 농간으로 배급품을 불량배들에게 빼앗겨 굶주린 터라 힘이 없지만, 자신을 지켜준 사람이 몸을 요구할지도 모르기에 애써 몸을 씻었다.

몸을 다 씻은 후, 옷을 입고 욕실 밖으로 나선 소정은 잘 차려진 식탁을 볼 수 있었다.

꿀꺽!

자신도 모르게 침을 삼켰다. 고아원에 있을 때도 보지 못했던 음식들이 식탁 위에 잔뜩 차려져 있었다.

"배가 고픈 것 같은데, 어서 와서 먹어라."

"머, 먹어도 되나요?"

"나도 식사를 못했다. 어서 먹자."

"고마워요."

소정은 식탁에 앉으며 인사했다.

배 속이 요동을 치기 시작했지만, 추상철이 수저를 들 때까지 기다렸다.

추상철은 피식 웃으며 수저를 들고 음식을 먹기 시작했다.

'나쁘지 않은 기분이군.'

가족이 없는 추상철은 대좌가 된 이후 한 번도 누군가와 같이 식사를 한 적이 없었다. 오랜만에 겸상을 하는 것이 기분 좋았다.

식사를 끝낼 때까지 보조를 맞추며 음식을 먹던 추상철은 식사를 마치자 식탁에서 일어났다.

"따라와라."

"예."

2층으로 올라간 추상철은 방 하나를 가리켰다.

"오늘부터 네가 사용할 방이다. 쓰는 데 불편함은 없을 것이다."

"고, 고마워요."

소정이 사용하게 된 방은 욕실이 딸린 손님용 방이었다. 국회의원이 사용하던 집을 숙소로 사용하는 터라 방이 아주 많았다. 그중 하나를 내준 것뿐이다. 별로 한 것도 없는데 쑥스러웠다.

"양치질을 한 후에 자도록 해라."

"알았어요."

밤이 늦은 시간이기에 곧바로 그녀를 방으로 들여보낸 상철은 자신의 침실로 가 딸려 있는 욕실에서 양치질을 한 후 침대에 누웠다.

'기분이 묘하군.'

참으로 오랜만에 느껴보는 기분이라 추상철은 잠을 이룰 수 없었다.

'어떻게 하지?'

이유는 다르지만 양치를 끝내고 침대에 누운 소정도 잠을 이루지 못하는 것은 마찬가지였다.

'나이는 많아 보여도 나쁘지 않은 사람 같았어. 여자도 별로 좋아하는 것 같지 않았고.'

경비 장교에게 몸을 빼앗기려던 찰나에 구함을 받았다. 비록 북한의 군인이지만 가차 없이 장교를 죽이는 것을 보면 상당히 높은 직위에 있는 것이 분명했다.

'그래, 저 사람이라면……'

비록 어려 보이지만 얼마 전에 고등학교를 졸업해 20살이 된 소정이었다. 앞으로 살아남기 위해서 누군가 자신을 지켜줄 사람이 필요했던 소정은 입술을 깨물었다. 추상철이라면 자신을 지켜줄 수 있을 것 같았다.

"내가 저 사람에게 줄 수 있는 것은……"

추상철의 마음을 붙잡을 수 있을 만한 것이 있어야 했다. 아무리 생각을 해봐도 자신이 줄 수 있는 것은 몸밖에 없었다.

"어차피 그 새끼에게 빼앗겼을 몸이다. 이렇게 머뭇거려서는 곤란해, 김소정!"

결심을 굳힌 소정은 자리에서 일어나 방을 나섰다. 한 번도 남자를 접해보지 않은 순결한 몸이다. 결심을 하기는 했지만 상철의 방으로 가는 동안 그녀의 발걸음은 무척이나 떨렸다.

"후우~!"

심호흡을 하고 문고리를 돌렸다.

'자지 않고 있었어?'

문을 열고 방으로 들어가자 침대에 앉아 있는 추상철을 볼 수 있었다.

"무슨 일이냐?"

"아저씨에게 절 주러 왔어요."

"뭐? 하하, 쓸데없는 소리하지 말고 네 방으로 돌아가서 자도록 해라."

추상철은 짐짓 화를 내며 말했지만, 소정은 침대로 다가와 그의 앞에 섰다.

"전 어리지 않아요. 이제 스무 살이 됐어요. 그리고 전 고아예요. 아무도 절 지켜줄 사람이 없어요. 부탁이에요. 아저씨가 절 지켜주세요."

주르르륵!

소정은 추상철이 손을 쓸 사이도 없이 입고 있던 옷을 벗어던졌다.

"헉!"

신음 소리와 함께 추상철의 동공이 급격하게 흔들렸다.

'저, 저건 인간의 몸이 아니다.'

옷을 입었을 때와는 달리 소정의 몸에는 치명적인 유혹이 담겨 있었다. 청순함과 요염함을 함께 담고 있는 그녀의 나신을 바라보는 순간, 추상철은 급격하게 이지가 흔들렸다. 정신을 차리려 애를 썼지만, 욕념이 빠르게 차올랐다.

'내가 해온 수련이 어떤 것인데……'

무예를 수련해 온 추상철은 심법을 알고 있었다.

마음을 명경지수처럼 맑게 하는 심법이지만, 소정의 나신 앞에는 무용지물이었다.

"아저씨, 절 가지세요."

유혹적인 말에 어느새 침대에서 일어선 추상철은 소정의 나신 앞에 섰다.

"크으, 널 갖겠다."

"그래요, 드릴게요. 아저씨가 절 지켜줘요. 그리고 전 처음이에요."

자신이 처음이라는 소정의 말에 추상철은 이성을 잃었다. 그대로 소정을 안고 침대로 몸을 뉘었다.

아침이 찾아오기 직전의 새벽, 40년이 되도록 순결을 지켜온 사나이의 동정이 그렇게 사라져 버렸다.

'흥미롭군. 저 여자가 바로 그녀였다니 말이야.'

정말 재미있는 세상이다. 요마라 칭해지던 이가 이렇게 내 눈앞에 나타나다니 말이다. 더군다나 그녀가 성녀의 자질을 타고 났다니, 정말 아이러니가 아닐 수 없다.

'아무래도 현재의 상황이 그녀를 요마로 만든 것 같구나.'

처음 요마를 보았을 때 무척이나 놀랐다. 내가 겪었던 요마에게서는 전혀 찾아볼 수 없는 면목을 봤으니 말이다.

대한민국이 점령당하고 난 뒤, 보호자도 없는 어린 여자가 살아간다는 것이 쉽지는 않았을 것이다. 고작 식량 때문에 정절을 버려야 하는 상황을 겪어야 했다면 성정이 변하고도 남았을 것 같았다.

'당시 요마가 사라진 것이 정말 의문이었는데, 이제야 이해가 되는군.'

세상이 변하고 능력자들이 전면에 나서자 모든 것이 혼란으로 치달았다. 기존의 질서가 파괴되고 강자존의 세상이 만들어졌기 때문이다.

기존의 힘이 통하지 않는 세상이 되자 수많은 이면 조직들의 쟁패가 시작되었다. 중국 또한 마찬가지여서 기존의 군벌을 이면에서 장악한 능력자들이 세를 불리기 시작했고, 그것은 곧바로 전쟁으로 이어졌다.

그중 가장 강한 전력을 보유한 곳이 철혈마세였다. SSS급에 달하는 능력자가 세 명이나 포진하고 있었기 때문이다. 철혈마세는 강력한 전력을 바탕으로 다른 조직들을 병탄하기 시작했다. 끊임없는 쟁패의 결과, 결국은 천의맹과 함께 중국 대륙을

양분하는 세력으로 성장했다.

요마는 중국 대륙을 휩쓸던 철혈마세의 삼대천마 중 한 명이다. SSS급 능력자인 것이다.

반면, 추상철은 북명에 속해 있던 자다. 만주와 연해주를 기점으로 세력을 일으킨 조직이 북명이다. 북명 또한 막강한 전력을 보유한 이면 조직이었다.

북경을 중심으로 세를 확장해 나가던 철혈마세와는 필연적으로 부딪칠 수밖에 없었다. 양측은 동북아를 놓고 자웅을 겨루었다.

하지만 전력상으로는 상당한 차이가 났다. 삼대천마라 일컬어진 SSS급 능력자가 세 명이나 있는 철혈마세에 비해 북명의 최고 능력자는 겨우 한 명의 SSS급밖에는 없었다.

전력이 차이가 나는 만큼, 북명은 철혈마세에 계속해서 밀릴 수밖에 없었다. 배후에 천의맹이 없었다면 진즉에 병탄되고 말았을 정도로 극심한 전력 차이였다.

간신히 전력을 유지하며 근거지를 지키던 북명의 세력 중에서 유일하게 철혈마세를 상대로 승리를 거둔 이가 바로 추상철이다.

추상철은 철혈마세에 승리한 것을 기점으로 지지를 얻어 북명의 수장이 되기도 했는데, 이런 사정이 있을 줄은 전혀 몰랐다.

철혈마세에서 일인군단이라 칭해지던 추상철을 봐주던 이가 있었다니 말이다.

'철혈마세에서 요마가 갑자기 사라지고 난 뒤에 북명이 동북아를 틀어쥔 것은 분명 그녀가 뒤에 있었기 때문일 것이다.'

성력이 요마력으로 바뀌기는 했지만, 요마로 완전히 각성하기 전이니 그 정도를 이겨내지 못할 추상철이 아니었다. 지금의 추상철이라면 거뜬히 김소정을 제압하고도 남을 정도였다.

그럼에도 유혹에 넘어가 그녀를 취한 것은 김소정이 진심이기 때문에 가능한 일이었을 것이다.

'저런 식으로 맺어지면 두 사람은 연리지처럼 하나나 다름없다. 절대로 배신할 수 없는……'

추상철은 성력이 요마력으로 변화하며 김소정에게 첫 번째로 각인된 존재다. 추상철도 마찬가지로 김소정이 영혼에 각인된 존재로 남겨졌다.

김소정은 자신의 순결로 반려를 맞았다. 나이 차이가 있어 보이지만, 그것으로 부부의 인연은 맺어졌다. 그것도 서로를 영혼으로 받아들인 완전한 부부로 말이다. 영혼의 반려니 아마도 배신을 염려할 일은 없을 것이다.

'후후후, 이런 배후를 알지 못했으니 놈들에게 당할 수밖에. 나로서도 요마나 추상철을 절대 믿을 수 없었으니 말이야.'

과거에는 힘이 되어주겠다던 요마의 제의를 거절했었다. 당시에는 요마력밖에는 보지 못했으니 당연한 일이었다.

하지만 그녀의 요마력이 성력이 변화한 것이라면 이야기가 달라진다. 평소에 보이는 모습이 달라지기는 했지만 그 본질은 변하지 않는 법이니 말이다.

'큰 수확이다. 이번에는 완전히 다른 것을 시도해 볼 수 있을 테니 말이다.'

인연을 맺어두는 편이 좋을 것 같아서 끈을 남기고 왔다. 봉인을 끝내고 나면 두 사람에 대해서는 기억을 하지 못하겠지만, 남겨진 끈이 우리의 만남을 인도할 것이다.

'집으로 돌아가자.'

생각을 접는 순간, 영혼의 눈이 내 몸으로 돌아왔다. 긴장했던 어머니가 안정되셨는지 포근한 느낌에 기분이 좋아진다.

'잠을 좀 자둬야겠군.'

추상철을 따라붙었다가 김소정을 보고 무리를 했다. 결과는 좋았지만, 무척이나 피곤한 상태다.

이제 겨우 형체만 갖춘 아이의 몸이라서 그런지 영혼의 눈을 사용한 것 정도로도 많이 지치는 것 같다. 잠을 자두는 것이 좋을 것 같다.

'아함!'

정말 늘어지게 잤다. 그런데도 겨우 이틀 정도 지났다. 태내가 가장 순순한 공간이라고 하더니, 정말 그런 것 같다. 적어도 석 달은 자야 할 것이라 생각했는데 말이다.

'이제 떠나는 모양이구나.'

주변에 많은 이들이 느껴진다.

북한은 대한민국을 점령한 후 주민들의 이동을 통제했는데, 이 정도의 사람이 모인 것을 보면 이유는 하나뿐이다. 사람들을 북으로 이동시키는 것이다.

그동안 할아버지와 부모님의 대화로 많은 것을 알 수 있었다. 이미 알고 있던 일이지만, 조금 더 세세하게 상황을 파악할 수 있었다.

북한은 대한민국 점령 후, 4개월 동안 총 다섯 계급으로 주민들을 분류했다.

일제 및 미국에 협력한 자들과 그 가족은 최하위인 5계급이었다. 5계급 출신들은 북한의 최우선 척결 대상이었다.

다음은 4계급으로, 공무원과 경찰 출신, 그리고 하사관 이상의 군 출신과 그 가족이 대상이었다.

3계급은 월남한 이들과 그 가족이었는데, 3계급에서 5계급까지는 모두 처분 대상이었다.

이들 계급에 속하지 않는 남한 출신과 그 가족은 2계급, 그리고 남한 출신으로 북한에 동조하거나 이로 인해 복역한 자들과 그 가족은 1계급으로 분류되었는데, 이들은 모두가 관리 대상이었다.

이제 주민들에 대한 분류가 끝나 전격적으로 조치가 취해진 것이 분명했다.

'이제부터 지옥이 시작되겠군.'

처분 대상인 이들은 이미 인간이 아니었다. 강제 노동으로 뽑아낼 수 있는 것은 전부 뽑아낸 후 처리될 것이다.

능력자들을 키우기 위한 실험체로서 말이다.

'어차피 지금으로서는 저지할 수 없는 상황이다. 일단 수용소에 가기 전까지 할아버지가 가지고 계신 것과 연결이 되어야 한다.'

그것이 정확이 무엇인지는 아직도 파악을 못하고 있다.

다만, 완전히 내 것으로 만들 수만 있다면, 나를 이용했던 놈들에게 반격을 먹일 만큼 커다란 힘을 얻을 수 있다는 것은 틀림없다.

'성질이야 이미 파악이 끝났고, 지금부터라도 적응을 시작해야 한다. 그래야 수용도가 높아져 파각이 시작될 때 온전하게 내 것으로 만들 수 있을 테니까.'

할아버지가 가지고 있는 것에서 흘러나오고 있는 기운에 조용히 집중했다. 태아인 상태라 가장 안정적인 호흡인 태식이 가능했기에 기운과 금방 연결이 되었다.

얼마 전까지 대한민국이라고 불리던 한반도 남부 곳곳에서 버스들이 차출되고, 이를 통해 3계급에서 5계급까지의 주민들이 북한으로 이송되었다.

버스로 이동하는 이들의 얼굴에는 절망이 서려 있었다. 북한이 분류한 다섯 계급 중에서 하위에 속하는 계급의 주민들은 북한 오지에 마련된 수용소에 수용된 후 강제 노동과 교화가 진행된다는 사실 때문이었다.

그와는 달리 2계급과 1계급의 주민들은 구 대한민국에 그대로 머물게 되었다. 북으로 이송되는 주민들에 비해서는 그나마 낫다고 할 수 있지만, 그렇다고 마음을 놓을 수 있는 것은 아니었다.

진주한 230만 명의 북한군과 노동당에서 파견 나온 당원들이 이들을 관리했는데, 성분 조사를 거쳐 계급을 다시 책정한 후에 미달되는 자는 수용소로 보내질 것이라는 것이 알려졌기 때문이다.

분류가 끝난 후 이송이 시작되었지만, 상철은 상훈의 일을 까맣게 잊고 있었다. 난생처음 여자를 접한 그는 처음 동정을 잃은 날부터 소정에게 빠져 버렸기 때문이다.

영혼으로 각인된 상태라 소정은 빠져나올 수 없는 늪이었다. 이성적으로는 자제하려고 했지만, 소정을 보는 순간 참을 수가 없었다. 그렇게 소정과 쉴 새 없이 육체관계를 맺어야 했던 것은 서로 완전한 하나가 되기 위한 이유에서였다. 육체관계를 통해 영혼을 교류하는 과정이라 추상철로서도 어찌할 수 없는 일이었다.

분류 작업이 끝난 후의 일은 전부 부관에게 맡겨놓은 터라 그동안 소정과 숙소에서만 지낸 추상철이었다.

오늘도 상철은 자신의 숙소에서 소정을 탐하고 샤워를 했다.

쏴―아아!

영혼의 교류가 거의 끝나 어느 정도 이성을 되찾은 상철은 쏟아지는 물줄기를 맞다가 지난 며칠 동안 벌어졌던 일이 생각나 고개를 흔들었다.

"내가 미쳤었군. 고작 그런 어린아이에게 빠져 버리다니."

그동안 오직 하나만 바라보며 금욕의 생활을 해왔다. 아무리 여자를 멀리한 지 오래되었다고는 하지만 한순간에 빠져 버리다니, 아무리 생각해도 이상했다.

"내가 이렇게 정신없이 빠져 버릴 정도라면 능력이라고 보아야 한다. 으음……."

능력자인 남자를 넋 놓게 만드는 치명적인 육체라면, 가히 능력이라고 할 수 있었다.

"그러면 저 아이가!"

상철은 소정이 각성자임을 깨달을 수 있었다. 선천적으로 능력을 타고났고, 계기를 만나 각성하게 된 것이 분명했다.

"그래, 소정이는 각성자가 분명한 것 같으니 검사를 한 번 해 봐야겠다."

중앙으로 진출하기 위해서는 배후가 든든해야 하지만, 뭐 두 쪽밖에 없는 자신이다. 만약 소정이 능력자라면 자신에게는 기회였다.

"소정이가 정말 능력자라면 결혼까지 생각을 해야겠군."

순결을 빼앗은 터라 같이 데리고 있으려 했지만, 결혼까지는 아니었다. 자신의 발목을 잡을 수 있어서였다.

그러나 이제는 심각하게 고민을 해봐야 할 때였다.

사실 상철의 고민은 의미 없는 일이었다. 소정과는 이미 영혼의 교류까지 이루어진 사이다. 떨어지려고 해도 그럴 수 없는 것이다. 많은 의미를 부여하고 있지만, 이미 두 사람은 완전한 하나에 다가서고 있었다.

'그만 나가봐야겠군.'

소정과의 앞날을 생각한 상철은 빠르게 몸을 씻고 욕실을 나섰다. 밖으로 나서자 소정이 알몸으로 수건을 든 채 상철을 맞았다.

"오늘은 나가봐야 한다."

"알겠어요."

대답을 한 소정이 곧바로 상철의 방으로 들어갔다. 소정은 상철의 방에서 옷가지와 군복을 챙겼다.

상철이 방 안으로 들어오자 소정은 조심스러운 손길로 옷을 입히기 시작했다. 상철 또한 아주 자연스럽게 소정의 시중을 받아들였다.

속옷을 입히고, 군복과 양말까지 소정은 나신인 채로 상철의 복장을 갖추어주었다.

옷을 다 입은 상철이 매무새를 가다듬는 동안 소정도 옷을 입었다. 옷이라고 해봐야 한 벌이 전부인 원피스였다.

소정은 밖으로 나서는 상철의 뒤를 따랐다.

"나오지 마라."

"조심해서 다녀오세요."

현관을 벗어나지 못하게 했기에 소정은 응접실에서 인사를 했다.

"저녁은 돌아와서 먹을 거다."

"준비해 놓을게요. 호호호."

"으음……."

배시시 웃는 소정의 모습에 마음이 울렁거렸다.

"갔다 오마."

상철은 애써 진정하며 곧바로 숙소를 나섰다. 더 있다가는 소정을 덮칠 것 같아서였다.

건물 밖으로 나서자 운전병이 차량을 대고 있었다. 상철이 타자 차는 곧바로 움직였다.

'소정이가 어떤 능력을 가졌는지 궁금하군. 매혹과 관련한 능력 같은데 말이야… 응?'

사무실로 향하며 소정을 생각하던 상철은 길게 늘어서서 이동하고 있는 버스를 발견했다.

"저게 뭔가?"

"수용소로 이송되는 남한 동무들입니다."

"수용소로 이송이 돼?"

"평양에서 서두르라는 명령이 내려와서 곧바로 이송이 시작됐습니다, 대좌 동지."

'이런!'

추상철의 뇌리로 박상훈의 모습이 스쳤다.

"언제부터 이송이 시작됐나?"

"사흘 전부터입니다."

"전에 갔던 곳으로 가자."

"어디 말씀이십니까, 대좌 동지?"

"며느리를 위해서 식량을 훔쳤던 그 노인 집으로 가자는 말이다. 어서!"

상철은 운전병을 재촉했다.

하지만 박상훈의 집에 도착한 상철은 이미 늦었음을 깨달았다.

"늦었구나."

반지하의 집은 이미 텅 비어 있고, 온기가 식은 지 오래였다.

"사령부로 가보자."

상철은 곧바로 사령부로 향했다. 박상훈이 어디로 이송되었는지 확인하기 위해서였다.

제3장

3

'늦었군.'

사령부로 간 상철은 한 가지만 확인할 수 있었다. 5계급에 해당하는 주민들은 이송이 시작된 첫날에 북으로 떠났다는 것뿐이다. 그 이상은 아무것도 알 수가 없었다.

5계급에 속한 이들이 누구인지, 그리고 어느 수용소로 간 것인지에 대해서는 상부에서 특급 비밀로 정해 버렸기 때문이다.

'진즉에 서둘러야 했는데……'

자신의 사무실로 돌아오는 내내 상철은 자책감이 들었다. 자신의 욕심으로 인해 단란했던 한 가족을 지옥으로 끌어들인 것 같은 기분에서였다.

'어쩔 수 없다. 평양에서 특급 비밀로 정한 이상 방법이 없으니. 하지만 고작 수용소로 보내는 것뿐인데 특급 비밀이라니… 뭔가 있을지도 모르니 평양으로 가면 한 번 알아봐야겠구나.'

쩜쩜한 구석도 있고, 상부의 조치도 이해가 가지 않았기에 상철은 중앙으로 진출한 후 박상훈 일가에 대해 알아보기로 결심했다.

'일단은 그자에게 연락을 하자. 금이라면 환장을 하는 자이니 자리를 내줄 것이다.'

연락을 할 상대는 후계자의 매제이자 최고 지도자의 사위였다. 후계자로부터 견제를 받고 있는 터라 나름의 세력을 꾸리고 있기에 자신이 가담한다고 하면 좋아할 것이 분명했다.

하지만 자신의 힘을 원하기는 해도 그냥은 받아줄 사람이 아니었다. 합류를 하려면 그만한 성의 표시를 해야 했다. 그도 상철이 그리 부유하지 않다는 것을 잘 아는 터라 방수환으로부터 받은 금괴 중 5킬로그램이면 충분했다.

'내가 머물고 있는 숙소의 주인이 남긴 비밀 금고에서 얻은 것이라고 하면 충분하겠지.'

여의도 앞마당에서 삼부 요인과 국회의원들이 전부 총살되었다. 최고 지도자의 특별 지시로 이루어진 일이었다.

총살된 자들의 집은 전부 장교들의 숙소로 쓰였다. 상철이 머물고 있는 숙소의 주인은 여당의 총무까지 했던 자였다. 충분히 금괴를 얻게 된 핑곗거리가 되었다.

상철은 부관을 불렀다.

"부르셨습니까, 대좌 동지."

"오늘따라 모란봉이 보고 싶군. 마음을 시원하게 해주는 차 한잔 주겠나?"

상철의 말에 부관이 눈을 빛냈다. 약속했던 암어지만 부관은 내색하지 않았다.

"알겠습니다. 요즘 즐겨 드시는 커피를 타 오겠습니다."

"고맙네."

부관이 사무실을 나서자 상철은 작은 가방을 하나 꺼내 책상 서랍에 들어 있는 금괴를 집어넣었다. 1킬로그램짜리 금괴가 모두 다섯 개였다.

잠시 뒤, 부관이 잔을 들고 사무실로 들어왔다.

"잔은 책상 위에 내려놓게."

"예, 대좌 동지."

"자네, 힘들지 않으면 이 가방을 평양에 있는 내 집으로 보내 줬으면 하네만."

"대좌 동지 집으로 말씀입니까?"

"그래. 귀한 분에게 드릴 선물이라서 잘 보내야 하네."

"알겠습니다. 손이 타지 않도록 잘 보내겠습니다."

"고맙네."

상철에게는 평양에 집이 없었다.

뜬금없이 내린 지시가 무슨 뜻인지 알아들은 부관이 가방을 집어 들었다.

'금이다.'

부피에 비해 상당히 묵직한 느낌에 안에 금괴가 들어 있음을 직감했다.

'어떻게 저 양반이?'

재물에 담백한 인사가 추상철이었다.

그런 그가 상당한 양의 금괴를 가지고 있었다는 것에 놀라지 않을 수 없었다.

'으음, 어쩌면 그 집에서 발견한 것일 수도 있겠군. 이 정도 양이면 전부 같은데 다 내주다니, 할 수 없는 양반이로군.'

비록 감시역이 되기는 했지만 군인으로서는 존경하는 상관이었다. 이번에도 재물에는 욕심이 없는 것 같았다.

자신이 모시는 사람을 따르기로 한 것을 보면 뭔가 생각을 가지고 움직이는 것이 분명했다.

자신의 인생에서 가장 큰 변화를 맞이한 날 이후로 한 달이 흐른 뒤, 상철은 1계급 특진과 함께 평양으로 전출하라는 명령을 받았다.

놀랍게도 그가 새로 맡게 된 직책은 권력의 중추라고 할 수 있는 호위총국의 부국장이었다.

1982. 5. 17. (월) 16:20.
개마고원의 깊은 산중.

한반도 각지에서 출발한 버스들은 북쪽으로 이동했다.

한 번도 쉬지 않고 이동한 버스들이 닿은 곳은 개마고원에 위치한 수용소들이었다.

수용소의 규모는 하나당 2만 명 내외를 수용할 수 있도록 지어졌는데, 5계급에 속하는 400만 명의 사람들이 1차적으로 머물게 되어 있었다.

상훈 일가 또한 개마고원에 있는 수용소에 수용되었다.

다른 이들도 마찬가지지만, 특히 영문도 모르고 끌려온 상훈 일가족은 두려움에 떨어야 했다.

"아버님, 우리는 어떻게 되는 거예요?"

"이곳에서 강제 노역을 하지 않을까 싶다. 힘이 들기는 하겠지만 그리 오래갈 것 같지는 않으니, 너무 무서워하지 말거라."

상훈은 굳은 얼굴로 떨고 있는 며느리의 손을 잡으며 위로했다.

"어째서 우리가 이곳으로 와야 하는지 모르겠습니다."

계급을 정하는 기준이 알려져 있기에 자신들은 아니라고 거듭 말하다가 인민군에게 두들겨 맞은 박준호다. 얼굴에 붉게 멍이 든 그는 연신 불만을 터트렸다.

"아무리 애원을 해도 들어주지 않을 거다. 자세히 조사하지도 않을 거고. 그러니 몸을 우선시해라. 이곳에서 빠져나가려면 건강해야 한다."

"알겠습니다."

당장은 빠져나가지 못한다. 아내의 산달이 가까이 다가왔기 때문이다. 출산한 아내가 몸을 회복한 다음에나 탈출을 도모할 수 있기에 박준호는 분을 삼켰다.

— 배급이 실시된다. 모두 집합해라.

확성기 소리가 수용소를 울렸다. 입소하며 받은 교육대로 사람들은 연병장 같은 곳에 다들 집합을 했다.

2만 명에 가까운 사람들이 모이는 터라 소란스럽지 않을 수 없었다.

— 다들 조용히 해라. 떠드는 자는 즉결 처분하겠다.

장내가 시끄러워지자 다시 한 번 확성기가 울렸다.

북한의 행태를 잘 모르던 사람들 중 몇몇이 확성기 소리를 무시하고 계속해서 떠들었다. 겁이 나기도 하고, 앞날의 불안감 때문이기도 했다.

타타타탁!

경고에 아랑곳하지 않고 주변 사람과 이야기하던 이들에게 사방을 둘러싸고 있던 군인들이 들이닥쳤다. 그들은 제법 긴 몽둥이를 들고 있었는데, 안에는 철심이 박혀 있는 것이었다.

퍼퍼퍽!

"커억!"

"크윽!"

퍼퍼퍼퍽!

"아아악, 살려줘!"

퍼퍼퍼퍽!

"커억! 잘못했어요! 끄윽!"

군인들의 몽둥이질은 가차 없었다. 머리가 깨지고 팔다리가 부러져도 몽둥이질을 멈추지 않았다.

대들어보려고 하는 사람들도 있었지만, 그들 역시 살벌한 살기를 흘리며 휘둘러진 몽둥이에 쓰러져야만 했다.

군인들은 쓰러진 자들에게도 몽둥이질을 멈추지 않았다. 피를 흘리며 쓰러진 자들 전부가 몽둥이에 맞아 죽었다.

퍼퍼퍼퍽!

죽어버린 사람들에게 가해지는 몽둥이질이 장내를 침묵으로 물들였다. 피에 흥건하게 물든 시체들의 살점이 튀어 얼굴에 붙어도 사람들은 신음조차 흘릴 수 없었다.

소리를 내는 순간 야차 같은 군인들의 몽둥이질이 시작된다는 것을 두 눈으로 보았기 때문이다.

─ *그만! 이제 좀 조용하군. 지금부터 배식을 시작할 테니, 다들 줄을 서라.*

사람들은 피에 젖은 흙을 밟으며 배식대 앞에 서기 시작했다. 움직이지 않으면 무슨 꼴을 당할지 몰라서였다.

배식대 앞에 서자 나무로 만들어진 그릇이 하나씩 주어졌다.

철퍼덕!

그릇 안에 주걱으로 뜬 검은색의 죽이 떨어졌다.

"다음!"

배식을 받은 자가 옆으로 비켜서자 다음 사람이 뒤를 이었다.

— *배식을 받은 자들은 처음 집합했던 자리로 돌아가 먹도록*
해라.

확성기가 울렸다. 배식을 받았지만 검은 죽을 떠먹을 수저가
없었다. 식기를 달라고 할 용기가 없기에 사람들은 원래의 자리
로 돌아갔다.

수저가 없어서 손으로 죽을 떠먹어야 하지만, 먹을 수가 없었
다. 몽둥이질에 고깃덩어리로 변해 버린 사람들의 시신이 주변
에 널브러져 있는 탓이었다.

"아가, 무조건 먹어야 한다. 그렇지 않으면 미래를 보장할 수
없으니 말이다."

구역질을 참으며 소리 없이 눈물을 흘리고 있는 며느리를 향
해 박상훈은 조용한 목소리로 말했다.

"아버님……."

"무조건 살아남아야 한다. 네 배 속에 있는 아기를 위해서라
도 무조건 먹어라."

"크흑. 예, 아버님."

"울지 마라. 놈들이 보고 있다."

역시나 어머니는 강했다. 강미소는 배 속에 있는 아이를 위해

구역질을 참으며 검은 죽을 손으로 떠서 입에 넣었다.

"아가도 저리 노력하는데 사내가 되어가지고. 너도 어서 먹도록 해라. 입에 넣고 오래 씹어서 삼켜라."

"예, 아버지."

박상훈 일가는 조금씩 검은 죽을 먹기 시작했다. 새벽부터 끌려 나와 하루 종일 아무것도 먹지 못하고 이동한 탓에 다른 사람들도 하나둘 검은 죽을 먹기 시작했다.

간도 거의 되어 있지 않은 검은 죽은 맛이 그다지 나쁘지 않았다. 씹을 것도 없지만, 입에 넣고 오래 우물거리면 고소한 맛도 조금은 느껴졌다.

— **빨리빨리들 먹어라. 식사 시간은 20분뿐이다.**

확성기가 다시 울렸다.

"전부 입에 넣고 천천히 씹어서 삼켜야 한다."

박상훈의 말에 박준호와 강미소는 남아 있는 죽을 입에 넣고는 천천히 우물거렸다.

— **식사 끝이다. 식기는 전부 배식대로 모으도록! 식기 반납이 끝난 후에는 각자 배정된 막사로 돌아간다. 오늘은 특별히 일찍 취침하는 것을 허락하마. 하하하하!**

큰 선심을 베푸는 것처럼 확성기에서 웃음이 터져 나왔다. 사람들은 몰랐지만 그것은 정말 큰 선심이었다.

다음 날부터는 지옥 같은 수용소 생활이 시작되었다.

'역시나 이때부터 놈들의 손길이 주변에 있었군.'

수용소는 거대한 마법진이었다. 그것도 아주 정교하게 만들어진 암흑의 마법진 말이다.

마법진은 사람들의 피를 통해 마력을 생산해 내고, 선택된 자들에게 주입되도록 만들어져 있었다.

'누구도 이것들의 정체를 알아차릴 수 없었을 텐데 할아버지는 눈치를 채신 것을 보니, 상당한 경지셨구나.'

배급이 끝난 이후에도 많이 긴장하신 것을 보니 특별하게 만들어진 수용소라는 것을 할아버지가 알아차리신 것 같다. 아직은 느낌뿐이시겠지만, 그것만으로도 대단한 일이었다.

'밤새 뒤척이시겠구나.'

새벽에 취침하러 들어간 막사에서 잠을 이룬 사람은 거의 없었다. 할아버지와 부모님도 마찬가지였다.

"사, 살려주세요."

"아아아악!"

공포에 질린 목소리와 비명 소리가 들린다.

이대로 있다가는 맞아 죽을지도 모른다는 공포감에 죽음을 무릅쓰고 탈출을 감행한 사람들이 있는 모양이다.

"아아아악!"

"커억!"

지옥이 시작되었다. 비명 소리가 끊임없이 들렸다.

'미치겠군.'

잔인하게도 단번에 죽이지 않고 두들겨 패서 죽이는 모양이었다.

'아예 탈출이 불가능한 곳인데…….'

일부지만 수용소에 대한 자료를 본 적이 있었다. 삼중으로 막혀 있고, 반경 10킬로미터를 미친놈들이 빼곡하게 둘러싸고 있다. 수용소를 벗어난다고 해도 보통 사람이 피에 미친 능력자들의 시선을 벗어나 탈출한다는 것은 불가능한 일이었다.

밤새도록 맞아 죽어가는 사람들의 비명 소리가 수용소를 울려 댔다. 예상대로 단 한 명도 탈출에 성공하지 못했다.

오들오들 떨며 밤을 지새운 사람들은 다음 날 아침에 막사를 나섰을 때, 참혹한 광경을 목격해야 했다. 상훈 일가족도 마찬가지였다.

"우욱!"

"아가, 참아라. 이건 시작일지도 모르니 말이다. 견뎌야만 살아남을 수 있다."

참혹한 광경을 보며 헛구역질을 하는 며느리에게 상훈이 한마디 했다.

"무조건 견뎌야 한다."

"예, 아버님."

수용소를 둘러싸고 있는 철조망 위로 잘 다져진 고깃덩어리들이 널려 있었다. 너덜너덜해진 고깃덩어리들은 간밤에 탈출을 시도했던 사람들이다. 두렵고 무서운 일이지만 참아야 한다는 시아버지의 말을 거역할 수 없었다.

"어서 가도록 하자. 사상 교육을 실시한다고 하니 절대 졸면 안 된다, 준호야. 아가, 너도 마찬가지다. 놈들이 어떤 트집을 잡을지 모르니 절대 졸아서는 안 된다."

"알겠습니다, 아버지."

"명심할게요."

상훈 일가족은 연병장으로 향했다. 상훈의 말대로 아침부터 사상 교육이 시작되었다.

사람들은 북한식 사회주의인 주체사상에 대한 교육을 눈을 부릅뜨고 들어야 했다. 상훈의 말처럼 교육 시간에 졸다가 몽둥이질에 맞아 죽은 사람이 생겼기 때문이다.

아침부터 저녁까지 교육이 진행되는 동안 식사는 지급되지 않았다. 생으로 굶어가면서 자정이 될 때까지 사상 교육을 받아야 했다.

그런 시간이 이틀이나 지속되었다.

굶주림에 지치고 피곤했던 터라 조는 이가 속출했고, 그에 따라 사람들이 죽어 나갔다.

수용소라고는 하지만 사람들을 수용하고 싶은 생각은 전혀 없는 곳 같았다.

죽음을 눈앞에 두고 하는 사상 교육이 이틀간 지속되고, 사흘째 되는 날 저녁에 검은 죽이 지급되었다.

사람들은 죽은 눈빛을 한 채 걸레가 되어버린 시체들을 옆에 두고 아무렇지 않게 검은 죽을 먹었다.

입소한 지 나흘이 되는 날까지 2만 명이었던 사람들 중에 4분의 1이 죽어 나갔다. 5천 명 가까이가 몽둥이질에 맞아 죽어버린 것이었다.

이상한 것은 걸레처럼 변해 버린 사람들의 시신이 이틀이 지나면 감쪽같이 사라지고, 새로운 시신들이 그 자리를 채운다는 것이었다.

그런 사실을 처음 깨달은 사람은 바로 박상훈이었다.

상훈이 그러한 것을 느낀 것은 군인들이 들고 있는 몽둥이에서 이상한 점을 발견했기 때문이다. 두들겨 맞던 사람의 숨이 끊어지는 순간, 몽둥이에서 희미하게 붉은빛이 흘러나오는 것을 보았던 것이다.

오늘도 마찬가지였다. 아침 일찍 마당으로 집합하라는 방송에 막사를 나오던 상훈은 다시 한 번 이상한 것을 목격할 수 있었다.

죽은 자들의 피로 홍건하게 젖어 까맣게 변해 버렸던 흙바닥이 아무런 흔적도 없어졌기 때문이다.

'몽둥이에 붉은빛이 어린 것도 그렇고, 핏자국이 전부 사라진 것도 그렇고, 이 수용소에는 무언가 비밀이 있는 것이 분명하다. 무엇인지는 모르지만, 위험한 곳이다.'

박상훈은 눈치가 빨랐다.

그는 수용소가 자신들을 교육시켜 북한 주민으로 만들려고
세워진 것이 아니라는 것을 깨달았다.

'하루라도 빨리 탈출해야 할 것 같은데……'

마음이 답답했다. 손자를 가진 며느리 때문에 당장은 움직일
수 없기 때문이었다.

— **모두 잘 듣도록 해라. 오늘부터 광산에서 작업을 할 것이
다. 여기에 누구 하나도 예외는 없다. 지시에 잘 따르도록!**

"젠장!"

"참아라."

임산부인 아내도 광산 노역을 해야 한다는 확성기 소리에 화
를 내는 아들을 향해 상훈이 말했다.

"화가 나도 참아라. 그래야 살 수 있다."

분기가 가라앉지 않은 아들을 상훈이 다시 한 번 타일렀다.
박준호 또한 잘못하면 죽을지도 모른다는 것을 알기에 분을 삼
켜야 했다.

'힘든 노역을 견디지 못할지도 모르니, 아가에게 그것을 주
어야겠구나.'

상훈은 집안의 원수를 죽이고 찾아낸 나무 구슬을 떠올렸다.
자신에게 힘을 주고 있는 이 구슬이라면 며느리를 보호해 줄 것
이 틀림없었다.

'무엇보다 나는 이 정도면 충분하니까.'

독립투사였던 아버지 덕분에 홀로 자라야 했던 상훈은 어려

서부터 뒷골목을 전전했다. 타고난 싸움꾼이었던 상훈은 거의 적수를 찾아볼 수 없었다.

그러다가 독립투사인 아버지에게 부끄럽지 않도록 마음을 바꿔 먹고 군에 입대했다. 상훈은 입대 후 부대에서 만난 장교로부터 여러 가지 무예를 배울 수 있었다.

한국전쟁이 터지기 직전에 자신을 가르친 장교를 따라 특수 부대에 배속을 받았고, 전쟁을 하는 동안 유감없이 실력을 발휘할 수 있었다.

적진을 넘나들며 작전을 했던 3년의 시간 동안 상훈은 장교로부터 하나의 심법을 배울 수 있었다. 내력을 기를 수 있는, 아주 특별한 심법이었다. 꾸준히 수련을 해서 어느 정도 내력을 가지게 되었지만, 그뿐이었다. 어느 순간이 지나자 더 이상 내력이 늘지 않았다.

그런데 나무 구슬을 얻은 후 변화가 일어났다. 그동안 수련을 계속해도 발전이 없던 내력이 기하급수적으로 증가했다. 구슬을 얻기 전과 비교하면 거의 100배에 달하는 내력이 아랫배에 충만했다.

겉모습은 노인이지만 내부는 20대 청년을 능가하는 강인한 힘을 가지고 있는 것이 지금의 상훈이었다.

스승이나 다름없는 장교로부터 배운 심법과 나무 구슬이라면 며느리와 손자가 살아남는 데 도움이 될 수 있을 것 같았다.

"아가, 전에 이 시애비가 너에게 가르쳐 준 호흡법을 기억하고 있느냐?"

"예, 아버님. 지금도 계속하고 있어요."

손자를 가진 것을 알았을 때, 며느리에게 심법을 전수했다. 앞으로 태어날 손자를 위한 조치였다. 자신의 당부를 잊지 않고 꾸준히 하고 있던 모양이다.

"잘했구나. 이걸 가지고 있도록 해라."

상훈은 조심스럽게 주변을 살피며 호주머니에서 나무 구슬을 꺼내 며느리의 손에 쥐어 주었다.

"이게 뭔가요?"

"주머니 속에 넣고 이 시애비가 가르쳐 준 호흡을 계속 하도록 해라. 그러면 너와 배 속에 있는 아이를 지킬 만한 힘을 얻을 수 있을 거다."

"알겠습니다, 아버님."

미소는 상훈이 허튼짓을 절대 하지 않는다는 것을 알기에 고개를 끄덕였다. 이 구슬이 무엇인지는 모르지만, 자신과 아이에게 도움이 될 것이 틀림없었다.

"그래, 고맙다. 무엇보다 그 구슬을 가지고 있다는 것을 절대 들키면 안 된다."

"조심할게요."

"아버지, 그런 게 뭐가 도움이 된다고 그러세요."

"도움이 될 거다. 그러니 넌 모르는 척하고 있어라."

쓸데없는 짓을 한다고 생각했는지 한마디 하는 아들을 향해 상훈은 판잔을 주었다.

— 배급이 시작될 테니 줄을 서라.

다시 한 번 방송이 흘러나왔다. 사람들이 줄을 서기 시작했고, 상훈 일가도 줄을 서서 배식을 받아 아침을 먹었다.

아침도 저녁때와 마찬가지로 질퍽한 검은 죽이었다. 사람들은 묵묵히 자리에 앉아 손으로 죽을 먹기 시작했다.

상훈은 바닥에 앉아 죽을 먹으며 조심스럽게 흙을 헤집었다. 손가락 다섯 마디 정도를 헤집자 딱딱한 것이 드러났다.

'으음.'

검붉은 색의 벽돌 같은 것을 확인한 상훈은 재빠르게 흙을 덮었다.

'이 밑에 깔린 것이 뭔지는 모르겠지만, 절대 평범한 것은 아니다. 흙바닥 위에 홍건하던 피들을 흡수하는 것을 보면……'

보도블록처럼 흙 밑에 깔린 알 수 없는 물건이 피를 흡수한다는 것은 틀림없었다.

블록에 닿은 순간, 손가락 끝에 엷게 피의 흔적이 묻어났다. 게다가 헤집은 흙을 다시 덮으려 할 때 손가락에 묻은 피들이 블록에 빨려드는 것을 보면서 상훈은 확신할 수 있었다.

'아버지가 남기신 것이 정말일지도 모르겠구나.'

오래전 돌아가신 아버지가 남긴 수첩의 내용이 선명하게 떠올랐다.

아버지가 남긴 수첩은 남에게 보일 수 없는 것이었다. 이 세상에 괴물과 마물들이 존재하며, 인간을 잡아먹는다고 쓰여 있으니 어디에 보여줄 수가 없었다.

수첩에는 다른 것도 쓰여 있었다. 인간을 초월한 이들이 있고, 그들이 미술과 주술 같은 것을 사용해 힘을 키운다는 내용이었다.

아버지가 남긴 수첩을 통해서 세상이 이상하게 변했다는 것을 알았지만, 사실은 거의 믿지 않고 있었다.

그러나 자신이 목격한 것들로 미루어 볼 때, 아버지가 남긴 수첩의 내용들이 어쩌면 사실일지도 모른다는 생각이 들었다.

'세상의 이면에 살고 있는 존재들은 힘을 얻기 위해 특별한 의식을 치른다고 했는데, 아무래도 이곳이 그런 곳인 모양이다.'

모든 것이 아귀가 맞았다.

특별하게 만들어진 것 같은 몽둥이로 사람을 때려잡는 것도 그렇고, 흙 밑에 깔려 있는 이상한 블록을 보면 사람들을 이용한 의식이 진행되고 있는 것이 분명했다.

'며느리에게 효과가 나타나면 곧바로 실행에 옮기자.'

자신에 의해 어릴 때부터 수련을 계속해 온 아들은 어느 정도 내력을 가지고 있었다.

이제 며느리만 내력을 가지게 된다면 아이를 가지고 있어도 탈출할 수 있을 것이기에 상훈은 위험을 무릅쓰기로 했다.

상훈은 아직 남아 있는 검은 죽을 손으로 싹싹 긁어 입에 넣었다. 아들과 며느리도 그 모습을 보며 남아 있는 죽을 모두 먹었다. 시간을 20분만 주기에 대부분의 사람들이 식사를 마치고 있었다.

─ 그릇을 반납하고, 각 막사별로 동쪽에 보이는 문 앞으로 가서 줄을 선다.

방송을 듣고 식기를 반납한 사람들은 동쪽 출입문 앞에 줄을 섰다. 그러자 곧바로 문이 열리고, 줄지어 선 사람들은 경비병의 지시에 따라 움직였다.

출입문 바깥에는 온통 철조망으로 둘러싸인 100미터 가량의 통로가 있었다. 그리고 통로 끝에는 광산으로 들어가는 커다란 철문이 보였다.

그르르릉!

육중한 굉음과 함께 문이 열리자 사람들이 광산 안으로 들어가기 시작했다.

광산 안은 아주 넓었다. 축구를 할 수 있는 운동장 크기 정도의 공동이었다.

공동의 사방에는 비슷한 크기의 통로들이 여러 개 만들어져 있는데, 모두 갱도로 들어가는 입구들이었다.

사람들은 경비병들의 인솔로 갱도로 들어가기 시작했다. 갱도의 수는 모두 아홉 개로, 갱도 하나당 1,500명의 사람들이 들어갔다.

궤도가 설치되어 있는 갱도를 따라 30분을 걸어가서야 새로운 갱도들을 만날 수 있었다. 막다른 곳에 뚫려 있는 갱도는 모두 다섯 개였고, 그곳에서 다시 사람들이 나뉘어졌다.

사람들은 갱도 안으로 더욱 깊숙하게 들어갔고, 다시 갈라진 갱도를 따라 인원이 나누어 진 채 이동했다.

마침내 갱도가 끝나자 궤도 차량이 나타났다. 그곳에서 조금 더 들어가서 이동을 멈췄을 때, 막장이 보였다.

"모두들 채광 장비를 챙겨라."

상훈 일가를 포함한 20명의 사람들을 향해 경비병이 외쳤다. 사람들이 주섬주섬 곡괭이와 삽을 들었다.

"여기는 막장이다. 우리가 캐는 것은 바로 저것이다."

경비병이 가리키는 곳에는 불빛을 받아 반짝이는 것들이 있었다.

"너희들이 보고 있는 것은 백금이다. 후후후, 욕심을 내도 좋다. 살아남을 수 있다면 말이다."

눈빛이 변한 사람들을 향해 경비병은 몽둥이를 들어 보이며 말했다.

"이제부터 채광을 시작해라. 남자들은 곡괭이질을 하고, 여자와 아이들은 금광석들을 저기 보이는 망태로 나르면 된다."

경비병의 지시에 남자들은 곡괭이를 집어 들었다. 제법 날카롭지만, 경비병을 향해 덤벼들 수는 없었다.

지난 시간 동안 무수한 사람들을 몽둥이로 패서 죽인 경비병들이었다.

목숨을 구하기 위해 죽기 살기로 달려드는 사람들을 교묘히 피하며 단 한 방에 죽음을 선사하는 모습을 여러 번 보았던 터라 감히 덤벼들 수 없었다.

　무엇보다 경비병의 몸에서 풍기는 살기가 무서웠다.

　곧바로 채광이 시작되었다.

　퍽! 퍽!

　곡괭이가 휘둘러지자 광석들이 떨어져 내렸다. 금맥은 상당히 굵었는데, 어쩌다가 떨어지는 콩알만 한 금을 보면 함유량이 상당히 높은 것 같았다.

　떨어진 금광석을 아이들과 여자들이 망태에 담아 궤도 차량까지 날랐다. 근처에 대기하고 있던 경비병이 작동을 시키면 궤도 차량이 금광석을 운반했다.

　광산에서의 강제 노역은 열두 시간 동안이나 계속됐다. 먹을 것이라고는 중간에 주어지는 감자 한 알과 물이 전부였다. 대부분 처음 해보는 노역으로 인해 지치고 배가 고팠지만, 불만을 토로하는 이는 아무도 없었다.

　광산에서의 노역이 끝나고 나면 다시 수용소로 돌아왔다. 세뇌에 가까운 교육을 한 시간 정도 받은 후 저녁으로 검은 죽이 주어졌다. 저녁을 먹은 이들은 다시금 막사로 돌아가 잠자리에 들었다.

　다들 고분고분하게 말을 들어서 그런지 노역이 시작된 이후에는 죽어 나가는 이가 별로 없었다.

하지만 워낙 힘든 일과와 부실한 식사 때문인지 다들 야위어 갔다.

상훈의 며느리인 강미소도 마찬가지였다.

배는 계속 불러왔지만 다른 곳들은 조금씩 말라가기 시작했다. 뺨이 쏙 들어간 것이, 마치 병자 같은 모습이었다. 곧 쓰러져도 이상할 것이 없는 모습이지만, 강미소는 잘 버텨 나갔다.

사실 마른 모습과는 달리 그녀는 전보다 더 건강해진 편이었다. 시아버지가 준 나무 구슬을 몸에 지니고 호흡을 하고 있으면 피로도 금방 가시고 힘이 생겼던 것이다.

그럼에도 상훈 일가는 걱정이 이만저만이 아니었다. 그동안 수용소에서 출산한 이들이 몇 명 있었는데, 아무런 배려를 받지 못했기 때문이다.

산모들은 노역을 나가다가 아이를 낳기도 했고, 막장에서 일을 하다가도 아이를 낳아야 할 정도로 상황이 아주 열악했다. 마치 짐승이 자연에서 새끼를 낳듯 수용소는 임산부들을 방치했다.

그렇게 태어난 아이들은 대부분 살아남지 못했다.

산모가 극심한 스트레스를 겪어서인지, 아니면 굶주린 탓인지 모르지만, 태어난 아이들은 이미 죽은 채로 새로운 세상을 맞이해야 했다.

가슴이 찢어지는 슬픈 일이지만, 죽은 아이의 부모들은 한편으로는 안도하기도 했다. 지옥 같은 곳에서 고생을 하느니 차라리 하늘나라에 있는 것이 낫다고 여긴 것이다.

누구나 아이를 가졌다는 것을 알 만큼 강미소의 배는 나날이 불어났다.

시간이 지나는 동안 상훈은 강미소에게 내력을 조금씩 주입해 건강을 유지하도록 했다.

배급 받는 음식이 부족해 쥐나 곤충을 잡아서 강미소에게 먹이기도 했다. 부족한 영양소를 채우기 위해서였다.

여자라면 질겁할 일이었지만, 강미소는 묵묵히 아이를 위해 모든 것을 참아냈다.

'산달이 다 되어가는 모양이다.'

형체가 자리 잡은 후 주먹만 했던 몸이 어느새 제법 커졌다. 이제 세상으로 나갈 때가 된 것이다.

할아버지가 가지고 계시던 구슬이 어머니에게로 넘어온 이후 구슬과 이어진 감각을 좀 더 확실하게 연결시킬 수 있었다. 처음에는 그저 가느다란 끈이었다면, 지금은 굵은 동아줄이나 다름없다.

'식사량이 절대적으로 열악한 상태에서 그마저 없었다면 큰일이 날 뻔했다.'

제대로 먹지 못해서 왜소했던 지난날과는 다르게 이번에는 상당히 클 수 있을 것 같다.

제법 강한 능력을 지녔음에도 그리 크지 않은 몸집으로 인해 놀림의 대상이 됐는데, 이번에는 트라우마를 지울 수 있을 것 같다.

비록 어머니의 배 속에 있었지만 그동안 많은 것을 이루었다. 내부 기관들이 제 기능을 할 수 있을 무렵부터는 조금이나마 내력을 쌓을 수 있었다. 그나마 태아라서 순수한 육체를 지니고 있기에 가능했지 그렇지 않았다면 엄두도 못 낼 일이지만, 나는 필사적으로 해냈다.

내력을 쌓은 후부터 스피릿 파워를 기르는 것은 아주 쉬웠다. 이미 어느 정도 궤도에 오른 상태라 예전의 수준까지 회복하는 것은 한 달이면 충분했다.

'이제 나름의 대비는 해놓았다. 첫 번째 변화가 시작되면 최대한 많이 받아들여야 한다.'

할아버지가 가지고 있다가 어머니에게로 넘어온 기물은 이제 머지않아 첫 번째 탈태를 하게 된다.

내가 능력을 가지게 만들어준 변화다. 그 단계에서 얼마나 얻느냐가 성패를 좌우할 것이다.

'그것도 그렇지만 배후에 있는 자들의 눈도 속여야 하는데, 봉인까지 가야 하는 건가?'

경도를 통해 어머니의 배 속을 떠나 세상으로 나가는 순간,

나는 놈들에게 노출된다. 더군다나 이곳은 놈들이 만들어놓은 곳이니 숨기려 해봐야 소용이 없는 상황이다.

'나를 최대한 감추려면 봉인밖에는 방법이 없으니, 지금부터 일어날 일들을 예상해서 곳곳에 열쇠를 심어야 한다. 그렇지만 주변 상황으로 인해 열쇠가 작동하는 것은 막아야 해.'

세계가 불안정해진 탓에 시간의 빈틈을 이용해 시간을 거스를 수 있었다. 비록 내 주변에서 일어난 일들뿐이지만, 나는 미래를 알고 있다. 내가 바꾸고자 하는 것 때문에 미래가 변할 수도 있으니 신중하게 열쇠를 심어야 한다.

'계획대로 된다고 해도 큰 줄기는 변하지 않을 것이다. 놈들은 자신들이 세워놓은 계획이 어그러지는 것을 원하지 않을 테니까. 그러니 나를 기준으로 열쇠를 심어야 한다. 으음, 그렇다면…….'

봉인을 해제할 열쇠는 세 개를 심기로 했다. 영혼에 새겨지는 봉인이라 위험하겠지만, 예상대로 되지 않을 경우를 대비하는 것도 잊지 않았다.

'어떤 변수가 있을지 모르니 미리 준비를 해놨다가 세상으로 나가기 전에 봉인을 걸자.'

아직까지는 더 살펴봐야 한다. 지금까지 관찰한 바로는 우리 가족에 대해 특별히 주의를 기울이는 자들은 없었다.

변수가 있다면 세계가 변화하는 탓에 곳곳에 차원의 균열이 생기고 있다는 것뿐이다. 전에는 특별한 일이 없었지만, 나라는 변수가 있어 어찌 변화할지 모르니 지켜봐야 한다.

봉인을 걸 준비를 했다. 양수가 몸을 감싸고 있어 봉인을 거는 것이 쉽지 않은 일이겠지만, 그래도 해낼 수 있을 것이다.

양수가 터지기 직전 봉인은 작동한다. 1차로 스피릿 파워를 봉인하고, 2차로 내력을 봉인한다. 그리고 마지막으로 기억을 봉인하게 된다.

스피릿 파워와 내력을 봉인한다 해도 성장이 멈추는 것은 아니다. 내력은 전신에 퍼져 쌓이게 되고, 스피릿 파워는 그 이면에서 성장을 하게 될 것이다.

온 정신을 집중해 봉인 준비를 마치고 나니 이제 세상에 나갈 때가 된 것 같았다.

1982. 8. 15. (일) 00:00.
개마고원의 깊은 산중.

쏴아아!
한여름의 소나기가 수용소를 적셨다.
자정이 넘어서 내리기 시작한 빗줄기가 계속해서 굵어져 갔다.
비가 내리는 소리가 밤을 적시는 가운데, 수용소에 있는 막사

중 하나가 잠에서 깨 분주해졌다.

수용소의 생활이 시작된 지 3개월이 다가올 무렵, 강미소에게 산기가 찾아왔던 것이다.

강미소에게 산기가 찾아온 것을 먼저 알아차린 것은 상훈이었다.

"준호야, 준비해라."

"예, 아버지."

박준호는 아내를 위해 같이 생활하는 사람들의 도움을 받아 얇은 담요를 둘러쳐 산실을 만들었다.

아이를 받을 줄 아는 사람이 없어 시아버지인 상훈이 출산을 도와야만 했다. 아들을 직접 받은 경험이 있었기 때문이다. 남녀가 유별한 상황이지만, 어쩔 수가 없는 일이었다.

막사 안의 사람들은 숨을 죽이며 아이의 출산을 기다렸다.

절망밖에 없는 수용소지만, 아이의 탄생은 막사 안에 있는 사람에게도 경이로운 일이었다.

"힘을 내라, 아가!"

"으으윽."

강미소는 비명 소리가 나지 않도록 이를 악물며 아랫배에 힘을 주었다. 보통이라면 견딜 수 없는 통증에 비명을 질러 대고 있었겠지만, 내력이 생긴 터라 이를 악물고 참아낼 수 있었다.

"다시 한 번!"

"으으윽!"

"아아앙!"

맑은 울음소리와 함께 아이가 태어났다. 많이 먹지 못해서 그런지 막 세상에 태어난 사내아이는 아주 작아 보였다.

"수고했다."

"으으, 고맙습니다, 아버님."

아이를 무사히 낳을 수 있던 것은 모두가 시아버지의 도움 덕분이었다.

"이제 좀 쉬어라. 준호야, 넌 아가를 도와라."

"예, 아버지."

박준호는 조심스럽게 피를 닦아낸 후, 미리 준비해 둔 면포를 사용해 아내의 하체를 조심스럽게 감쌌다.

아들이 뒤처리를 하는 동안 상훈은 핏물과 양수로 범벅인 손자의 몸을 닦았다.

어느 정도 닦이자 탯줄을 머리카락으로 단단히 묶고는 남아 있는 것을 이빨로 잘랐다.

"하하하! 그놈, 실하구나."

비록 지옥 같은 수용소 안이지만 건강하게 태어난 손자를 보니 마냥 좋았다. 상훈은 남아 있는 면포로 손자를 조심스럽게 감싼 후 며느리 옆에 뉘었다.

"아가, 이제부터 넌 엄마다. 차훈이를 잘 지켜야 한다."

"예, 아버님."

주르르륵!

아이가 태어났다는 기쁨도 잠시. 곧 지옥과 같은 생활을 견뎌야 한다는 생각에 강미소의 눈에 눈물이 흘렀다.

'걱정하지 마라, 아가. 이 시애비가 어떻게 해서든지 탈출할 방법을 마련할 테니 말이다.'

두 달 전부터 며느리가 내력을 느끼기 시작했다. 아주 빠른 성취였다.

숙소에 돌아오게 되면 나무 구슬을 아들에게도 이용하도록 했다. 어려서부터 심법을 꾸준히 수련하던 터라 상당한 내력을 쌓을 수 있었다.

게다가 나무 구슬을 가지고 있지 않았던 자신의 내력도 상당히 늘어났다. 일정 경지를 넘어서자 구르는 눈덩이처럼 불어나는 중이었다.

며느리와 아들도 곧 내력이 상승할 것이기에 탈출 가능성이 점점 높아지고 있었다.

'상당한 능력을 가진 자들이 외곽을 맡고 있지만, 좀 더 노력을 한다면 무사히 이곳을 빠져나갈 수 있다. 이곳이 스팟이 분명한 이상, 숨을 죽이고 기다리고 있으면 반드시 기회가 올 것이다.'

상훈은 과거 사형제로부터 스팟이라 불리는 특별한 장소에 대하여 들은 적이 있었다.

겉보기와는 달리 수용소가 있는 곳은 자연지기가 모이는 스팟이 틀림없었다.

자신과 아들은 스팟을 이용해 내력을 쌓을 수 있기에 나무 구슬은 며느리가 가지고 있었다.

나무 구슬을 이용해 심법을 운용하다 보면 자연지기가 모여들기에 이제 갓 태어난 손자에게도 좋을 터였다.

"박 반장님, 내일부터 한 달 동안 산모를 숙소 당번으로 하는 것은 아무렇지 않지만, 놈들이 그걸 봐줄지 모르겠습니다."

처음부터 끝까지 옆에서 출산을 도와준 오종화가 염려스러운 목소리로 말했다.

"그다지 뭐라고 하지는 않을 거다. 놈들도 아이를 낳았다는 것을 알 테니까 말이야. 더군다나 할당량을 채우는 것에도 차질이 없을 테고."

"그렇기는 하지만……."

숙소의 책임자나 마찬가지인 상훈의 대답에도 불안한 듯 오종화가 말끝을 흐렸다.

"다들 들으시오. 놈들이 묻지 않으면 그냥 대답하지 마시고, 혹시 우리 며늘아기에 대해 묻거든 나에게 미루시오. 그러면 아무런 피해도 가지 않을 것이오. 그리고 생산량이 떨어지지 않도록 나와 아들이 더 일을 할 테니, 그것도 염려하지 않아도 될 것이오."

다들 고개를 끄덕였다. 박상훈이 아니었다면 다른 막사 사람들에 비해 어렵게 생활을 했을 것이기 때문에 그 정도는 이해해

주었다.

나무로 만들어진 막사 안에서 함께 생활하는 이들은 모두 50명이다. 몇몇을 제외하고는 대부분 가족 단위로 수용되어 같이 생활하고 있었다.

한 달 전부터 각 막사마다 채광 할당량이 떨어졌는데, 채우지 못하면 한 끼를 굶어야 했다.

그런데 상훈 일가가 속한 막사는 유난히 여자와 어린아이, 그리고 노인의 비율이 다른 숙소보다 많았다.

할당량을 초과해 일하는 상훈과 준호가 없다면 굶주려야 한다는 것을 알기에 다들 우호적이었다.

"밤이 늦었소. 내일도 힘든 일과가 있으니 다들 잡시다."

상훈의 말에 다들 담요를 덮으며 잠자리에 들었다. 잠을 자둬야 내일도 견딜 수 있을 터였다.

"준호야, 너도 자도록 해라."

"예, 아버지."

상훈과 준호도 아이를 품에 안은 미소를 가운데 두고 잠자리에 들었다.

'쉽지가 않구나.'

대를 이어갈 핏줄이 태어났지만, 기쁘기보다는 심란했다.

'이 할아비가 어떻게 해서든지 너만은 이 지옥 같은 곳을 벗어나게 해줄 테니, 잘 견뎌야 한다.'

손자인 차훈이 어느 정도 자랄 때까지는 이곳에 있어야 했다.

지금 탈출을 시도했다가는 손자의 목숨을 장담할 수 없는 상황이다.

평범한 세상이 아니라 지옥보다 더한 곳이다. 손자가 버텨주기만 간절히 바랄 뿐이었다.

제4장

4

쏴―아아!

번쩍!

쏟아지는 빗줄기 가운데 번개가 치며 창문이 환해졌다. 젖무덤 근처에서 꼬물거리는 아이의 입술이 보였다.

콰르르르릉!

그리 멀리 않은 곳에서 번개가 친 듯, 천둥이 울어 댔다.

"아가, 지옥 같은 곳이지만 건강해야 한다."

미소는 무사히 아이를 낳을 수 있도록 해준 나무 구슬을 꺼내 들었다. 출산 때문에 아직도 많이 아픈 상태지만, 자신보다는 아이가 우선이었다.

'이것이 널 지켜줄 거다.'

미소는 조심스럽게 품에서 꺼낸 나무 구슬을 아들의 가슴 부분에 올려놓았다.

시아버지가 가르쳐 준 호흡을 하며 신경을 집중하자 아랫배에서 따뜻한 기운이 일어났다.

미소가 일으킨 내력은 혈관을 타고 두 가닥으로 뻗어 나갔다. 하나는 단전 주변을 맴돌며 출산으로 인해 쇠약해진 육체를 치료했고, 다른 한 줄기는 팔을 따라 나무 구슬로 전해졌다.

내력을 전해 받은 나무 구슬에서 은은한 온기와 함께 적광이 흘러나왔다.

스르르르……

믿을 수 없게도 나무 구슬에서 흘러나온 희미한 적광은 아이의 심장 속으로 스며들었다. 기이하기 그지없는 현상이지만, 미소의 손으로 덮여져 있어 그런 현상이 벌어지고 있다는 것은 아무도 알아차리지 못했다.

출산으로 지친 미소는 내력을 얼마 돌리지 못하고 이내 잠이 들었다.

흘러 들어오는 내력이 멈췄지만, 나무 구슬은 변화를 멈추지 않았다. 계속해서 적광이 흘러나와 아이의 작은 가슴으로 스며들었다.

스스스스……

변화는 그것으로 끝이 아니었다.

적광이 안개처럼 희미한 붉은 연기로 변했다. 붉은 연기는 미소의 손을 타고 나와 옆으로 번지기 시작했다. 붉은 연기는 이내 막사 안을 뒤덮더니, 이내 바깥으로 퍼져 나갔다.

쏴아아아아아!

한 치 앞도 분간할 수 없을 만큼 장대비가 내리는 바깥이다. 세차게 내리는 비에 흩어질 만도 하건만 붉은 연기는 아랑곳하지 않고 점점 더 세력을 확장해 나갔다.

막사를 떠난 붉은 연기는 연병장을 휘돌더니, 이내 수용소 전체를 덮어버렸다.

슈슈슈슛!

희미한 적광을 발하는 연기가 아이가 있는 막사를 중심으로 휘돌기 시작했다.

번쩍!

콰르르릉!

놀라운 광경이 펼쳐졌다. 회오리의 중심을 향해 번개가 작렬하는 것과 동시에 천둥이 울렸다.

그것만이 아니었다. 수십 개의 번개가 연이어 수용소를 감싼 붉은 연기의 중심부를 때렸다.

번쩍! 번쩍!

콰르르르르릉!

헤아릴 수조차 없는 수많은 번개가 일제히 작렬하는 가운데, 막사 안에서는 더욱 놀라운 일이 벌어지고 있었다.

스르르르!

방금 태어난 아이의 몸이 미소의 손을 밀치며 허공으로 떠올랐다.

아이의 심장이 위치한 곳에는 환하게 붉은 적광을 뿜어내는 구슬이 달라붙어 있었다.

아이의 몸이 서서히 움직이며 창문 쪽으로 향했다. 그러더니 창문을 통해 비가 내리는 밖으로 나갔다.

번쩍!

콰르르르릉!

밖으로 나온 아이의 몸을 중심으로 붉은 소용돌이가 거세게 휘돌았다. 더욱 많은 붉은 연기가 흘러나오며 아이의 몸이 천천히 위로 떠오르기 시작했다.

한참을 올라가던 아이가 수용소 상공 100미터 지점에 멈춰 섰다.

번쩍!

번쩍!

콰르르르릉!

마치 기다리고 있었다는 듯 번개들이 내리쳤다. 번개들은 허공을 가로질러 아이의 가슴에 있는 적색 광채의 구슬로 스며들었다.

콰르르르릉!

번—쩍!

그야말로 광란이라고 표현될 만큼 기이한 형상이 수용소에서 벌어지고 있었다.

미친 듯이 번개가 치고 구슬로 스며드는 동안 천지가 환하게 밝아졌다. 이상하게도 번개들은 구슬로만 떨어져 아이에게는 전혀 영향을 미치지 않았다.

이 정도 소란이면 깨어나 자지러져야 정상이지만, 아이의 모습은 변함이 없었다.

수용소에 있는 다른 이들도 모두 마찬가지였다. 초소를 지키는 경계병도, 막사에서 잠을 자는 이들도 모두 깊은 잠에 빠져 있었다.

수십 개의 번개가 한꺼번에 몰아치고 있음에도 다들 강제로 정신을 잃은 듯 누구도 깨어나지 않았다.

번개를 맞고 있는 구슬에서 흘러나오는 적광이 점점 더 진해져 갔다. 붉은 연기를 천천히 덮어가는 찬란한 광휘가 구슬에서 흘러나왔다. 내리치는 번개도 더욱 많아졌고, 적색의 광휘는 빠르게 자신의 세력을 넓혔다.

번—쩍!

어느 순간, 수만 가닥의 번개가 한꺼번에 몰아쳤다.

너무 커서 오히려 들리지 않을 정도로 어마어마한 소리가 수용소를 강타했다. 적색을 넘어 눈이 멀어버릴 것 같은 광채가 환하게 세상을 밝혔다.

쏴—아악!

찬란한 광휘를 끝으로 갑자기 모든 것이 사라져 버렸다. 수용소를 덮고 있던 붉은 연기도, 무섭게 내리치던 번개도 모두 사라져 버렸다.

동시에 아이의 모습도 보이지 않았다.

쏴아아아!

잦아진 빗줄기만이 대지를 적시고 있었다.

"으음, 아가."

막사 안에서 작은 목소리가 흘러나왔다. 아이를 달래는 미소의 목소리였다.

놀랍게도 바깥에서 번개를 맞다가 사라진 아이가 미소의 품에 안겨 있었다. 아이의 가슴에 달라붙어 있던 붉은 구슬은 사라지고 없었다.

"배가 고픈 모양이구나."

미소는 꼬물거리는 아이를 품으로 끌어안은 후, 젖을 먹이기 시작했다.

'그래, 힘껏 빨아라. 엄마가 널 지켜줄 테니.'

젖을 빠는 아들을 보는 미소의 입가에 엷게 웃음이 번졌다. 미소는 아이가 젖을 쉽게 빨 수 있도록 등을 쓰다듬었다.

'크으, 성공했다. 정말 죽는 줄 알았네.'

정신을 차렸을 때는 번개를 맞고 있었다.

어느 정도 예상은 하고 있었지만 직접 번개를 맞아야 하는 상황이라니, 전에도 이와 같은 일을 겪고 살아남았다는 사실이 놀랍지 않을 수 없다.

'상상할 수도 없는 엄청난 에너지였어⋯⋯.'

기물이 가지고 있던 단단한 기운이 뇌전으로 인해 녹아 그것을 흡수해야 했다. 교감을 가지고 있었기에 다행이 기물이 품은 기운은 전부 흡수를 했다.

문제가 된 것은 뇌전이었다. 기물 속에 담겨 있는 것들을 녹이고도 공간 전체를 가득 채운 뇌전이 가진 에너지는 상상도 못해본 엄청난 양이었다.

뱉어냈다가는 내 존재를 들킬 것이기에 전부 받아들여야 했다. 몸속에서 휘몰아치고 있는 기운에 더해 뇌전까지 받아들이려니 정말 죽을 맛이었다. 예전의 능력을 전부 회복했다고 하더라도 목숨이 위험할 정도의 상황을 겪은 탓인지 아직까지 정신이 없다.

'후우, 예전보다 훨씬 강력한 힘을 가지게 된 것은 좋은 일이지만⋯⋯.'

기물이 가지고 있는 기운을 전부 흡수해 버려서 예전의 능력을 모두 수복했다. 거기다가 몸속 여기저기에 가두어둔 뇌전의 힘까지 전부 흡수한다면 계획한 것을 훨씬 넘어선 힘을 가지게 됐다.

그러나 문제가 커졌다. 봉인이 일부 풀려 버린 것이다. 내가 가지고 있는 인식이 세상에 드러나면 인과율이 가만히 내버려

두지 않을 것이다. 심각한 문제가 아닐 수 없다.

'그나마 다행인가? 시간이 조금 있는 것 같으니 말이야.'

EMP가 전자 기기를 파괴시키듯 공간 전체를 지우며 떨어져 내린 뇌전들이 이곳의 기억들을 모두 소거시켰다. 덕분에 시간을 벌었으니 지금 상황에서 최선의 방법을 찾아내야 한다.

"후우……."

아직은 시간이 조금 있기에 숨을 골랐다.

'차분하게 생각해야 한다.'

천지가 개벽하는 상황이 벌어진 후, 봉인이 저절로 풀려 기억이 돌아와 버렸다. 태아인 상태에서 간신히 능력을 발휘해 인과율을 속이기는 했지만, 다시 비틀어야 한다.

'어쩔 수 없는 일이다. 기물이 가지고 있는 힘을 전부 흡수할 줄은 몰랐으니까. 앞으로 어떻게 해야 놈들을 속일 수 있을까 최대한 빨리 생각을 해내야 한다.'

생각을 해봤지만 뾰족한 방법이 없다.

'다른 것들은 아직 견고하니까 기억만 봉인하자. 상황이 많이 변했으니 놈들과 인과율을 속인 정도만 봉인하면 될 것이다.'

다시 봉인을 할 수밖에 없는 상황이다. 기억이 돌아오면 내가 의도하지 않아도 자연스럽게 다른 것들도 풀려 버린다. 단계별로 그렇게 짜여 있으니 말이다.

'기억을 봉인해 평범한 아이로 돌아가는 간단한 일이지만,

신중을 기해야 한다. 태아 때와는 달리 봉인 과정에서 발산되는 에너지로 인해 들킬 수도 있으니 말이다.'

양수는 태아를 위한 천연적인 보호막이다. 에너지가 발산된다고 해도 양수만으로 충분히 속일 수 있다. 그렇지만 이제는 세상에 드러난 몸이다. 보호막이 없는 상태에서 봉인을 진행하기 위해서는 에너지 발산을 최소화해야 했다.

'공간에 기억이 남겨지기 전에 최대한 신속해야 한다.'

빠르게 기억을 봉인했다.

'상황이 바뀌었으니 언제 기억을 되찾을지 모르겠구나.'

강력한 암시를 통해 기억을 봉인했다. 태아 때보다 강력한 봉인이다.

이제 나는 다른 아이들처럼 비슷하게 자라나게 될 것이다. 다른 위험이 있을 수도 있겠지만, 인과율에 들키는 것보다는 나았다.

입소한 지 6개월이 지날 무렵, 수용소장을 비롯해 경비 인력이 싹 바뀌었다.

길들이기가 끝났기 때문인지 이후부터는 그동안 벌어졌던 참혹한 일들은 더 이상 일어나지 않았다.

강제 노역을 하고 정신교육을 받는 것은 마찬가지지만, 초창기와는 달리 사람들에 대한 대우가 조금은 좋아졌다.

그렇게 시간이 흐르며 사람들도 수용소 생활에 적응하기 시작했다. 가끔씩 몇 사람이 차출되어 수용소를 나간 후로 돌아오지 않았지만, 사람들은 그다지 신경을 쓰지 않았다.

바로 옆에서 사람이 맞아 죽어 나가는 것을 봐서 그런지, 다른 사람의 일에는 관심을 잘 기울이지 않았다.

살아남기 바빠 사람들의 관심이라고는 오직 할당량을 채워 끼니를 굶지 않는 것뿐이었다.

상훈의 염려와는 달리 아이를 낳아 키우는 것도 그다지 염려가 없었다. 수용소의 경비병들은 손자인 차훈이나 다른 아이들에 대해서 별다른 조치를 취하지 않았다.

차훈은 건강하게 자라났다. 어린 차훈이 잘 자랄 수 있던 것은 엄마인 미소 덕분이었다. 내력이 생긴 미소가 스스로의 건강을 챙기면서 악착같이 차훈에게 젖을 물렸기 때문이다.

그렇게 시간이 흘러 차훈이 다섯 살이 되었다.

또다시 새로운 수용소장이 오고, 경비하던 병력들이 대폭 교체가 되었다. 별다른 변화가 없던 수용소 생활에 변화가 시작된 것은 그때쯤부터였다.

채광을 하고 광석을 나르는 일이 전부인 갱도 안에서 이상한 일이 벌어졌다. 금맥을 따라 곳곳에 생긴 막장 안에서 사람들이 사라졌던 것이다.

처음에는 그런 사실도 몰랐다. 사람들이 사라진 것을 발견한 것은 채광 작업이 끝난 후 마지막으로 인원을 점검할 때였다.

광산으로 일하러 들어간 인원에 비해 나온 사람이 열다섯 명이나 적었다. 작업 지시를 바탕으로 점검을 한 결과, 한 막장에서 일하던 사람들이 전부 사라져 버린 것을 알았다.

입구에 초소가 있어서 다른 곳으로 입구를 뚫기 전에는 광산 밖으로 나가는 것은 불가능했다. 탈출하기 위해서 갱도에 숨어 있는 것이라 생각한 경비병들이 난리를 쳤다. 잡히면 본보기를 보인다면서 소장은 곧바로 갱도 안을 수색하게 했다.

그러나 경비 병력을 동원해 갱도 내부를 샅샅이 수색해 봐도 아무것도 찾을 수가 없었다. 오히려 조사하러 들어갔던 경비병 셋이 감쪽같이 사라져 버리는 일만 벌어졌다.

심각한 문제였기에 소장은 곧바로 광산을 폐쇄했다. 폐쇄 기간은 그리 길지 않았다. 사흘 만에 다시 채광 작업이 시작되었다. 그동안 사람들은 자신의 막사에서 대기하며 정말 오랜만에 휴식을 취할 수 있었다.

채광 작업이 시작됐지만 이전과는 다르게 수용자들만 들어가도록 했다. 조금 불안한 마음으로 채광을 시작했고, 그날 또다시 열일곱 명이 두 개의 막장에서 사라졌다. 두 곳의 막장에서 일하던 사람들 전부였다.

또다시 광산이 폐쇄되었다. 이번에도 정확히 사흘 동안이었다. 사람들이 사라지는 원인을 찾아내거나 광산을 폐쇄하는 것이 정답이지만, 소장은 그렇게 하지 않았다. 시간이 지나자 다시 채광을 하도록 한 것이다.

사람들은 불안에 떨며 갱도 안으로 들어가기를 주저했다. 겁을 집어먹은 사람들을 향해 소장은 경비병으로 하여금 총을 쏘도록 했다.

그때, 총을 맞아 스물이 넘는 인원이 죽어 나갔다. 사람들은 입소 초기에 처절하게 맞아 죽어가던 이들의 모습을 상기할 수 있었다. 자신들은 인간이 아니었다. 필요에 의해서 언제든지 죽일 수 있는 가축이나 진배없다는 것을 깨달았다.

어쩔 수 없이 죽지 않기 위해 소장의 지시를 따라야 했다. 그저 운에 맡기고 채광을 해야만 했다. 지난 시간 동안 수용자들을 대표하는 이가 된 상훈은 그렇게 갱도로 들어간 후 조치를 취했다.

몇 개 막장의 작업을 멈추고, 사람들로 하여금 막장과 막장을 순찰하도록 했다. 할당량이 조금 떨어지더라도 원인을 찾아내고자 했던 것이다.

그렇지만 아무런 소용이 없었다.

중간에 있던 막장 세 곳에서 채광을 하는 사람들과 그들을 살피던 이들이 한꺼번에 사라지는 사태가 발생한 것이다.

그 이후 매번 그랬다. 강제로 채광을 하러 들어가고, 작업을 하다 보면 막장 중 한 곳에서 감시자와 사람들이 모두 사라지는 사태가 발생했다.

사람들이 사라지는 막장의 수도 점점 늘어나고 있었다. 사라진 사람들의 숫자가 상당했다. 거의 천여 명에 달했다. 사람들이 사라지는 막장이 늘어나자 상훈은 원인이 밝혀질 때까지 채광을 중단해 달라는 요구를 했다.

그러나 돌아온 대답은 묵살이었다. 몇이 죽어 나가든 할당량을 채워야 한다는 것이 소장의 답변이었다.

상훈은 소장이나 경비병들에게 자신들은 벌레나 다름없는 존재임을 다시 한 번 깨달았다.

탈출을 하려 했지만, 이미 시기를 놓친 후였다.

사람들이 사라지는 일로 인해 수용소의 경비가 더욱 강화되고, 외곽에서 수련을 하고 있는 능력자들의 수가 두 배로 늘었던 것이다.

'도대체……'

상훈은 고심이 되지 않을 수 없었다. 수용소가 안정을 찾은 것 같아 손자인 차훈이 더 큰 후에 탈출하려던 계획이 뜻하지 않게 차질이 생겨 버렸다.

상훈에게는 예기치 않은 재난이나 마찬가지였다. 일하던 막장을 나와 광산 입구에서 사람들의 수를 헤아리던 상훈의 눈살이 찌푸려졌다.

'이런 일이 또 발생하다니, 골치 아프군.'

오늘도 어제와 마찬가지로 사람들이 모자랐다. 마지막을 끝으로 10분이나 기다렸는데 더 이상 나오는 사람이 없었다.

'준비가 다 끝났는데… 이제는 어떻게 하면 좋다는 말인가?'

그동안 수용소 주변을 탐색해 왔다. 내력이 늘어난 탓에 들키지 않고 파악할 수 있었다.

탐색의 결과는 놀라웠다. 탈출을 막고 있는 것은 수용소 주변을 둘러친 철조망이 다가 아니었다.

수용소를 조금 벗어난 외곽 쪽에는 무서운 자들이 포진해 있었다. 야수처럼 노지에서 생활하며 수련을 하는 자들이었다. 그들은 수련을 겸해 수용소를 탈출하는 이들이 있는지 감시하고 있다.

'놈들은 인간의 범주를 벗어난 자들이다. 이 수용소와 관련이 있는 자들이겠지.'

수용소를 벗어나 외곽으로 나가다가 야수 같은 자들을 발견하고 얼마나 놀랐는지 모른다. 어느 정도 늘어난 내력으로도 감당할 수 있는 자들이 아니었기 때문이다. 세상이 변한 후 나타난 능력자들이 분명했다.

그들이 있을 때 탈출하는 것은 곧장 죽으러 가는 것이나 마찬가지였다. 자신은 모르겠지만, 아들 내외와 손자는 곧바로 들킬 가능성이 높았다.

'이제야 기회가 생겼다고 생각했는데…….'

위험을 무릅쓰고 그동안 능력자들에 대해서 조사를 해왔다. 그러다가 그들이 두 달에 한 번 최소한의 인력만 남기고 자리를 비운다는 사실을 알아냈다. 강도 높은 수련 때문에 돌아가며 휴가를 받는 것 같았다.

능력자들이 자리를 비우는 시간은 정확히 3일이었다. 그때가 되면 수용소 내의 경계가 강화되니 시기를 아는 것은 어렵지 않았다.

몇 번을 확인한 후에 능력자들이 자리를 비울 때 외곽 너머까지 확인을 했다. 능력자들에게 들키지 않고 다시 수용소로 돌아온 후 탈출 계획을 수립한 것이 며칠 되지 않았는데 이런 일이 발생한 것이다.

'그나저나 어째서 사람들이 사라지는 것이지? 경비병들의 돌아가는 눈치를 보면 스팟이 생긴 것은 아닌 것 같은데 말이야.'

광산이 폐쇄되는 동안에 차원 간의 특이점에 발생하는 스팟 감지기를 작동시켰던 것이 틀림없다. 만약 스팟이 발견되었다면 자신들을 전부 다른 곳으로 이송시켰을 것이기에 그런 것 같지는 않았다.

'하지만 그것도 모르는 일이다. 감지기에도 나타나지 않는 히든 스팟이 존재한다고 했으니 말이야.'

상훈은 예전에 사형제이자 친우이기도 한 이를 통해 스팟에 대한 것을 알게 되었다.

대한민국이 망하던 그날, 제주도에 있던 친우에게서 연락이 왔다. 친우를 통해 대한민국이 패망하게 된 원인인 스팟이라는 존재에 대한 설명을 들을 수 있었다.

친우의 말을 빌리자면, 갑자기 남한 지역의 땅과 바다에 수많은 스팟이 나타났다고 한다. 특수한 자원과 에너지를 얻을 수 있는 스팟을 얼마나 확보하느냐에 따라 나라의 미래가 움직일 수도 있기에 국군통수권자인 대통령의 명령으로 스팟을 확보하기 위한 작전이 시작되었다고 했다.

바로 이 작전 때문에 대한민국의 군대가 대부분 사라져 버렸다.

거의 전 부대가 스팟을 확보하기 위해 작전을 벌이다가 갑자기 차원 너머로 사라져 버린 것이다.

특수8군단에 의해 군대가 제압되었다고 알려진 것과는 전혀 다른 진실이었다.

당시 특수8군단이 한 일이라고는 남아 있는 병력과 경찰력을 제압하는 것과 군부대를 삼켜 버린 스팟을 통제한 것이 전부였다.

싸워야 할 이들이 모두 사라진 터라 군 수뇌부는 전투 한 번 제대로 해보지 못하고 남침한 북한군에게 항복을 해야만 했던 것이 진실이었다.

'남쪽에 나타났던 스팟들은 감지기에도 나타나지 않는 것이었다고 했지. 그렇다면 광산에서의 일도 그때 나타났던 스팟들과 같은 형태의 것일 가능성이 높군. 으음, 들어가면 돌아올 수 없는 단방향 게이트가 만들어지는 스팟이 생성된 것 같구나.'

지금으로서는 들어갈 수는 있으나 돌아오지는 못하는 게이트가 광산 안에 생겼다는 것이 제일 타당한 추측이었다.

'스팟이 점점 확장하고 있는 것이 분명하다. 만약 그것이 광산 전체로 번진다면……'

사람들이 실종되는 장소가 점점 늘어나고 있는 것을 보면 곧 광산 전체에 게이트가 생성될 수도 있었다. 만약 자신의 생각대로 단방향 게이트가 생성되었다면 문제가 컸다. 탈출은커녕 생사조차 장담할 수 없는 상황이 벌어지니 말이다.

　"반장님, 오늘은 몇 명이나 사라진 겁니까?"

　광산 밖에 있던 오종화가 안으로 들어오며 물었다. 겁이 나는 듯 그의 시선은 연신 주변을 살피고 있었다.

　"오늘도 스물여섯 명이 사라졌다."

　"으음, 벌써 천오백 명이 넘어가는 숫자군요. 사라지는 숫자가 늘어가고 있는데도 아무런 조치를 취하지 않다니, 소장이 뭘 생각하는지 모르겠군요."

　"다른 생각을 하고 있을지도 몰라 걱정이다. 몇 번이나 건의를 했건만……."

　"실적에 눈이 먼 새끼가 꿈쩍이나 하겠습니까. 문제가 생길까 봐 경비병들은 빼고 우리만 밀어 넣어 제 배 속을 채우는 놈입니다."

　조사를 해봐도 별수가 없으니 사람들이 죽어 나가든 말든 소장은 오직 할당량을 채우려고 혈안이라는 것을 오종화도 잘 알고 있었다.

　"후우, 하긴 자기밖에 모르는 놈이지."

　"어떻게 하실 생각이십니까?"

　"이렇게 된 이상 경비대장이 언질을 준 대로 우리가 원인을 찾아봐야지. 놈들도 원인을 몰라 손을 뗀 것 같으니 말이야."

"소장이 허락할 것 같습니까?"

"경비대장이 고심을 해 내놓은 제안이기도 하니, 한다고 해 봐야지."

"조사를 허락한다고 해도 제 욕심 때문에 할당량을 줄여주지 않을 놈입니다. 일을 하지 못해 할당량이 줄면 지랄을 할 텐데 말이죠. 지금도 간신히 채우고 있는데……."

오종화는 지금도 작업 인원에서 빼낸 인력으로 각 막장을 감시하느라 간신히 할당량을 채우고 있는 상태라는 것을 상기시켰다.

"계속해서 사람들이 사라지면 할당량은 고사하고 광산을 폐쇄해야 한다. 소장도 달가워하지 않을 일이지. 이곳에서 나오는 금에 목을 걸고 있으니 말이야."

"그렇다고는 해도……."

"그도 이대로는 아무것도 되지 않는다는 것을 알 것이니 들어줄 거다. 병력을 동원해 달라는 것도 아니고, 우리가 찾겠다고 하는 것이니 말이야."

"그렇다면 밑져야 본전이니 경비대장에게 다시 한 번 부탁을 해보도록 하지요. 사람들의 분위기가 심상치 않다는 것을 보았을 테니 소장에게 좋게 말해줄 겁니다."

"일단 만나보도록 하자."

입구를 나서자 상훈은 수용자들을 매서운 눈초리로 바라보고 있는 경비대장을 볼 수 있었다.

"경비대장님."

"무슨 일인가?"

상훈의 부름에 경비대장 강상호가 굳은 목소리로 대답했다.

"대장님, 점검해 보시면 아시겠지만, 오늘도 스물여섯 명이 사라졌습니다."

"으음, 벌써 점검을 해본 모양이군."

"모두들 두려움에 떨고 있습니다. 무슨 일이 발생할 지도 모르겠습니다."

"박 반장, 날 협박하는 건가?"

"그, 그것이 아닙니다. 경비 병력이 갱도 안으로 들어가 조사할 수 없다면, 우리라도 사람들이 사라지는 원인을 조사해 봤으면 해서 드리는 말씀입니다."

"그것은 허락할 수 없다. 내 권한도 아니고."

"그럼 소장님을 만나 뵙게 해주십시오."

"소장님을?"

"다들 겁을 집어먹어 작업을 제대로 못하고 있습니다. 이대로는 절대로 할당량을 채울 수 없습니다."

어느 정도 말이 먹힌다고 생각한 상훈은 강하게 주장했다.

"만나주시지 않을 거다."

"그럼 말씀이라도 드려주십시오. 단 며칠만이라도 조사를 할수 있게 해달라고 말입니다."

"어떻게 조사를 할 생각인가?"

"전에 말씀하신 대로 사람들을 전부 동원해 원인을 찾아볼 생각입니다."

이곳 광산은 꽤 길고 깊었다. 거의 만 명이 넘어가는 수용소 인원이 한꺼번에 들어가도 10분의 1도 채우지 못할 정도다. 그렇지만 전원이 들어가 조사를 한다면 쉽게 원인을 찾을 수 있을지도 몰랐다.

"내부적으로 이미 결정을 한 모양이군. 허락하실지 모르겠지만, 한 번 말씀은 드려보지."

강상호도 고개를 끄덕였다.

"고맙습니다."

"고마울 것도 없다. 어서 막사로 들어가라."

상훈이 고개를 숙이자 대충 인사를 받은 강상호는 수용자들을 막사로 들어가게 하고는 소장실로 발걸음을 옮겼다.

'갱도 안에 스팟이 생긴 것은 분명하다. 이런 식의 스팟은 히든 게이트밖에는 없다. 이번에는 반드시 찾아내야 한다.'

사람들이 갑자기 사라지는 원인은 이계로 들어가는 게이트가 생성된 탓이다.

지금껏 쉬쉬하고 비밀리에 작업을 했지만, 스팟에 대한 정보가 중앙으로 흘러 들어간 것이 분명했다.

이번이 마지막 기회일 수도 있었다. 소장실로 향하고 있는 강상호의 얼굴이 무척이나 굳어졌다.

스팟이 처음 발견된 곳은 러시아였다.

시베리아에서 발견된 스팟은 이계로 들어가는 게이트였고, 한 번 들어간 이는 다시 되돌아오지 못했다. 사람들은 공포에 질려 그곳에 지옥의 아가리라는 이름을 붙여줬고, 지금도 통제 구역으로 지정되어 출입이 금지되고 있다.

그 후, 이런 스팟이 세계 곳곳에서 발견되고, 연구가 진행되면서 비밀이 조금씩 밝혀졌다.

제일 먼저 밝혀진 것은 러시아에 있는 지옥의 아가리처럼 들어갈 수만 있고 나오지는 못하는 곳이 있는 반면, 출입이 가능한 곳도 있다는 것이었다.

조사가 진행될수록 놀라운 사실들이 밝혀졌다. 이계로의 출입이 가능한 스팟에서는 능력을 향상시킬 수 있는 자원들을 얻을 수 있었다.

그리고 출입이 불가능한 곳에서는 막대한 특이 에너지가 흘러나와 능력을 향상시키는 데 좋았다.

조사가 끝나자 스팟에 대한 관리와 운영을 각 국가의 이면 조직들이 장악해 버렸다. 스팟을 얼마나 소유하고 있느냐가 국력을 가늠할 척도가 될 정도로 그 가치가 컸기 때문이다.

이후 스팟에 대한 정보는 이면 조직에 의해 철저히 지워졌다. 얼마나 깨끗하게 지웠는지 일반인들은 스팟이라는 것이 있는 줄도 몰랐다.

그렇지만 이면에서의 쟁투는 무척이나 치열했다. 특별한 효

능을 발휘하는 자원들을 차지하기 위해 지금도 세계 곳곳에서는 능력자들 간의 전투가 벌어지고 있었다.

강상호는 이번 실종 사건을 처음 조사할 때 감지기를 사용했다. 능력자이기도 한 그였기에 그런 판단을 내릴 수 있었다.

갱도 안에 돌아오지 못하는 게이트가 생성되었다면 국가적으로 관리할 사안이고, 수용소로 좌천된 자신에게도 기회였기에 전에 같이 일하던 동료들의 도움으로 과감히 투자를 했다.

하지만 기대와 달리 감지기에는 아무런 반응도 나타나지 않았다. 여기서 포기할 수 없던 강상호는 동료들의 도움을 받아 비밀 자료에 접근할 수 있었다. 그렇게 해서 찾아낸 것이 바로 히든 게이트에 대한 정보였다.

감지기에 전혀 반응하지 않는 특수한 스팟을 히든 게이트라고 칭했다. 특이하게도 히든 게이트는 여건에 따라 성향이 바뀌었다.

처음 나타날 때는 들어갔다가 다시 나올 수가 없지만, 감춰진 비밀을 풀게 되면 출입이 가능한 곳으로 바뀌게 된다.

출입이 가능한 곳으로 바뀐 후에는 그야말로 대박이었다. 보통 다른 스팟에서 나오는 자원들보다 훨씬 특별한 것들을 얻을 수 있기 때문이었다.

'세 번에 걸친 기회를 모두 날려 먹었다. 이번에 마저 발견하지 못한다면……'

히든 게이트를 찾는 방법은 사람을 동원하는 수밖에 없다. 수

많은 희생을 각오하고 찾아야 하는 것이다. 그래서 자신이 지휘하는 경비 병력을 투입했다. 100명이 넘는 병력을 투입했는데 조사를 하던 일부 병력이 사라져 버렸다.

병력이 사라진 것을 확인한 후에 곧바로 동료들에게 연락을 취했다. 실망하기에는 히든 게이트가 주는 혜택이 너무 컸기 때문이다.

특히나 장소를 바꿔가며 나타나고, 숫자도 많아지는 것을 보면 1급 히든 스팟일 가능성이 높기에 동료들은 자신들이 거느리는 특수전단 하나를 급파했다.

20명으로 이루어진 특수전단은 1개 대대에 준하는 전투력을 가졌으며, 스팟 탐색에 많은 경험이 있기에 별 탈이 없을 것이라고 판단했지만 결과는 실패였다.

특수전단이 호기롭게 조사를 하러 광산으로 들어갔지만, 이틀이 지나도록 나오지 않아 조사를 해보니 전원 실종되어 버렸다. 나름 상당한 실력을 지닌 이들이 원인을 밝히기는커녕 모두 사라져 버린 것이다.

강상호는 그들이 실종된 것을 알자마자 곧바로 동료들에게 연락을 취했다. 동료들은 다시 세 개의 특수전단을 파견해 주었다.

그들은 스스로를 과신하지도 않고 주의를 기울여 세심한 준비를 거쳐 광산 안으로 진입했지만, 결과는 마찬가지였다. 하루가 지나자 모두 사라져 버렸던 것이다.

스팟에 대한 경험도 풍부하고, 전투라면 이골이 난 특수전단임에도 불구하고 광산에 들어가 전부 사라져 버렸다. 더 이상 손을 쓸 수 없게 되자 마지막 방법으로 상훈에게 은근한 제의를 했다. 원인을 수용자들이 찾으면 처우를 개선해 주겠다는 제의였다.

'그래, 이번이 마지막 기회다.'

자신의 의도대로 수용자들이 직접 조사를 하겠다고 했으니 뭔가 결과가 나올 것이다. 이제 소장만 설득하면 되는 것이다.

'간덩이가 작고 욕심만 더럽게 많은 놈이니 충분히 먹혀들 것이다.'

매달 중앙으로 보내야 할 금의 양은 정해져 있다. 소장으로서는 정해진 할당량을 반드시 채워야 한다. 거기다가 자신의 앞날을 위해 금을 따로 비축하고 있다. 한직이나 다름없는 곳으로 좌천되어 온 상태라 다시 중앙으로 올라가기 위해서다.

그러나 지금 수용자들은 히든 게이트로 인해 공포에 질려 있는 상태다. 이렇게 가다가는 지금보다 더한 사태가 발생할지도 모른다고 보고하면 소장은 들어줄 것이다.

삶에 대한 애착이 강한 수용자들이 소요라도 일으킨다면 더 큰 문제가 발생할 것이 빤했으니 말이다.

강상호는 소장실의 앞에 선 후 문을 두드렸다.

똑똑.

"들어와."

대답이 들리자 안으로 들어갔다.

"무슨 일인가?"

갑자기 닥친 긴급 사태에 수용소장인 김철상의 목소리에는 짜증이 묻어나 있었다.

"오늘도 수용자 중 상당수가 실종됐습니다."

"제기랄!"

김철상이 인상을 쓰며 얼굴을 찌푸렸다.

"벌레들의 상태는 어떤가?"

"이대로 채광을 계속하게 한다면 소요 사태가 일어날지도 모르겠습니다."

"올챙이 시절을 생각하지 못하는 개구리로군. 소요가 일어나면 다들 죽을 줄도 모르고 말이야."

"소요가 일어나면 곧바로 소장님께 타격이 갈 수도 있습니다."

"무슨 말인지 알겠네. 하지만 어떻게 하자는 말인가?"

"우선 원인부터 찾아서 제거해야 합니다."

"그것을 누가 모르나?"

자신도 알고 있는 빤한 사실을 언급하자 김철상이 버럭 화를 냈다.

"굳이 병력을 빼지 않아도 됩니다. 수용자들이 직접 원인을 찾아보겠다는 건의를 했으니 말입니다."

"죽으려고 환장을 했군. 쯔쯧."

김철상이 혀를 찼다.

"그렇기는 합니다만, 일단 맡겨보는 것이 좋을 것 같습니다, 소장님."

"그러다가 다 죽으면?"

"지금까지의 상황을 보면 그럴 것 같지는 않습니다."

"그렇게 자신이 있나?"

"자신은 없습니다만, 사람들의 두려움을 없애고 불상사가 일어나지 않도록 불만을 잠재우려면 이 방법이 최선입니다."

"으음……."

"어차피 가능성이 없는 것이기는 하지만, 별도의 수색대를 조직해 들여보내는 것보다는 낫습니다."

김철상이 고민 어린 표정으로 생각에 잠기자, 강상호는 상훈의 제안을 자신의 것인 양 말했다.

"전부 들어가서 한꺼번에 확인을 한다고 해서 뭐가 나올까?"

"지금까지는 사람들이 없는 곳에서 사건이 발생했습니다. 일정 간격을 연이어 움직이며 확인을 하게 될 테니 뭐라도 하나 건지지 않겠습니까? 조금 희생이 있을 수도 있겠지만, 원인만 찾아낸다면 소장님께 큰 도움이 될 겁니다."

"으음, 그래. 그 많은 인원이 전부 사라지지는 않겠지. 사고가 발생한다고 해도 목격자 중 누군가가 사라지지 않는다면 원인은 알아낼 수 있을 거고 말이야."

김철상은 강상호의 말을 받아들이기로 했다.

최고 지도자의 일가로서 비자금의 비축을 담당하던 그가 이곳으로 온 이유는 중간에 착복을 했기 때문이다.

　　착복한 금액을 변상하기는 했지만, 다시 돌아갈 날에 대한 기약이 없는 마당에 이렇게라도 하지 않으면 영영 기회가 없을 것 같았다.

　　"현명하신 판단입니다."

　　"일단 보고를 하도록 하지. 만약의 사태가 발생하면 책임 소재가 있으니까 말이야."

　　"알겠습니다. 준비는 제가 시키도록 하겠습니다."

　　"혹시 모르니까 몽둥이라도 준비해서 주도록. 뭔가 나타난다면 시간을 벌어야 할지도 모르니 말이야."

　　"예, 소장님."

　　강상호는 경례를 한 후 소장실을 나섰다.

　　소장실을 나와 운동장을 가로지른 강상호는 상훈이 머물고 있는 막사로 갔다.

　　"박 반장을 불러라."

　　강상호는 입구를 경비하고 있는 초소장에게 지시를 내렸다.

　　초소장은 발 빠르게 입구를 열고 안으로 들어가 상훈을 데리고 나왔다.

　　"소장님께서 허락을 하셨다. 사흘을 줄 테니 원인이 무엇인지 반드시 찾아내라. 이번 수색에는 한 명도 예외 없이 투입된다. 이상."

"대, 대장님."

"할 말이라도 있나?"

"예외가 없다고 하신 것은 무슨 말씀입니까?"

"이봐, 박 반장!"

"예, 대장님."

"너희들이 뭐라고 생각하나? 그동안 봐줄 만큼 봐줬다고 생각하는데 말이야. 걸을 수만 있다면 누구도 예외 없이 이번 수색에 투입해라."

"하지만······."

"젖먹이나 걷지 못하는 자를 제외하고 예외란 없다. 그리고 이번에 원인을 찾아내지 못한다면 사람들이 사라진다고 하더라도 계속해서 채광을 시킬 것이다. 전부 말이야!"

"아, 알겠습니다."

강상호는 상훈을 한 번 노려본 뒤, 자신의 숙소로 갔다.

"미치겠군. 거기가 어디라고······."

한 해 전부터 노약자와 아이들은 채광 작업에서 빠지고 있었다. 할당량을 채우기만 한다면 투입 인력을 자체적으로 조절할 수 있는 권한을 받은 다음부터였다.

강상호의 말은 받았던 권한을 전부 회수한다는 뜻이었다. 어떻게 해서든지 원인을 찾아내라는 뜻이기도 했다.

'어쩔 수 없군.'

사람들이 원인 모르게 실종되는 마당에 움직임이 느린 노약자와 아이들이 위험해질 수도 있지만, 어쩔 수 없는 상황이다. 걸을 수 있는 자는 모두 참여해야만 했다.

다음 날, 상훈은 사람들을 선발했다. 우선 참여하지 못할 사람들을 뽑았다. 젖먹이와 움직일 수 없는 자들이었다.

선발을 끝낸 후, 경비대장 강상호에게 아예 걷지 못하는 이들을 어쩔 수 없이 수색에서 제외시켜야 한다고 보고하고 허락을 받았다.

강상호도 허락을 할 수밖에 없었다. 상훈은 자신의 손자인 차훈까지도 수색에 참여하도록 했기 때문이다.

"모두 정해진 순서에 따라 안으로 들어가시오. 내가 먼저 들어가겠소."

상훈은 곧바로 사람들을 갱도로 진입시키고는 앞장서서 들어갔다.

'잘되어야 할 텐데…….'

자청하기는 했지만 갱도 안으로 들어선 상훈의 마음은 너무도 답답했다. 이번 일로 얼마나 많은 희생이 있을지 알 수 없었기 때문이다.

'그나저나 이 정도로 챙겨주다니, 신경을 많이 쓴 모양이군. 그럴 자가 아닌데 말이야.'

강상호는 확실히 이번 일에 상당히 신경을 쓰고 있었다. 갱도 안으로 들어가는 사람들에게 사흘 치의 식량과 물이 지급되었다. 한 달에 한두 번씩 나오곤 하는 검은 빵도 하나씩 챙길 수 있었다.

"조장들은 인원 배분을 잘하고, 연락 체계를 유지할 수 있도록 해라."

"염려 마십시오."

상훈은 각 조장에게 일러 인원을 배분하게 한 후, 갱도나 막장별로 수색을 하도록 했다.

정해진 순서가 있기에 사람들은 질서정연하게 여러 갈래의 갱도를 따라 흩어지기 시작했다.

수용소에 머물고 있는 인원 대부분이 참여하는 일이라 갱도에 모두 들어가기까지 상당한 시간이 걸렸다.

사흘 동안의 여정이기에 사람들은 배정된 갱도에 들어선 후 마음에 맞는 이들끼리 무리를 지어 움직였다.

아이들과 노약자는 건강한 사람들과 짝을 지어 다녔다. 상훈의 지시에 의해서였다.

상훈의 손자인 차훈도 엄마인 미소와 짝을 지어 움직였다.

제5장

5

오늘은 이상한 날이다.

그동안 막사 안에서만 생활을 했는데 오늘은 광산으로 가니 말이다.

'머리가 아프지 않아서 다행이다.'

요즘 와서 왜 그런지는 몰라도 뭔가 자꾸 머릿속에 떠오르려고 한다. 뭔가 생각이 날 듯 가물거리기는 하지만, 떠오르지는 않고 자꾸 머리만 아프다.

'그런데 뭘 찾아야 하는 거지?'

할아버지와 아버지가 일하시는 광산으로 들어가서 무엇을 찾아야 한다고 하는데, 뭘 찾는지는 정확히 모르겠다. 엄마 손을 꼭 잡고 따라다니다가 이상한 것이 있으면 곧바로 도망쳐야 한다는 말만 들었을 뿐이다.

'얼마나 더 가야 하는 거지?'

엄마를 따라 갱도 안으로 들어온 지 꽤 시간이 지났다. 아저씨랑 아줌마들이 갱도 안에서 여기저기 랜턴을 비추며 무엇인가를 찾고 있기는 하지만, 내가 보기에 특이한 것은 아무것도 없다.

'안 되겠다.'

궁금해 미치겠다.

"엄마, 여기 안에서 뭘 찾는 거야?"

"궁금하니?"

랜턴을 들고 여기저기 살피는 엄마가 나를 보며 조심스럽게 묻는다.

"응, 뭘 찾아야 하는지 잘 몰라서."

"우리 차훈이가 궁금했구나."

"응, 엄마."

"할아버지 말씀으로는 땅바닥이 물결치듯 움직이거나, 울렁거리는 곳을 찾아야 된다고 하는 것 같구나."

"땅바닥이 물결치거나 울렁거리는 곳?"

단단한 곳인데 물결을 치다니, 이상한 일이다.

"그래, 차훈아. 스팟이라는 건데, 찾으면 절대 만지지 말고 엄마에게 이야기해야 한다. 알았지?"

"응, 엄마."

내 손을 꼭 쥐는 엄마의 손을 맞잡으며 눈에 불을 켰다.

믿지 못하겠지만 진짜 눈에 불을 켠 것이 맞다. 생각만 하면 깜깜한 밤에도 대낮처럼 볼 수 있으니 말이다. 아직까지 할아버지나 부모님께도 말씀을 드리지 않은 능력이다.

희미한 전등이 간혹 걸려 있지만, 그래도 어둠침침한 갱도 안이 환하게 보인다.

'그런 곳은 없는 것 같은데……'

엄마 말에 눈에 불을 켜고 찾아봤지만, 물결이 치거나 울렁거리는 곳은 보이지 않는다.

'기어 다니는 아기들이랑 누워 있는 사람들을 **빼놓고** 전부 들어왔다고 했는데, 우리밖에는 없는 것 같구나.'

거의 만여 명이나 되는 사람들이 갱도 안으로 들어와 있는 상태다. 처음 들어왔을 때는 발을 디딜 틈조차 없었는데, 지금은 주변이 한가하다. 워낙 큰 광산이라서 갱도마다 사람들이 흩어져 나갔기 때문인 것 같다.

'엄마가 말씀하신 것을 쉽게 찾을 수 있을 것 같지는 않구나.'

금맥을 따라 채광을 한 탓에 개미굴처럼 이리저리 뚫린 갱도다. 사람들은 스팟이라는 것을 찾기 위해 랜턴을 여기저기 비추고 있는 중이지만, 쉽게 찾을 수 있을 것 같지는 않다.

스팟이라는 것이 얼마나 큰 크기일지는 모르겠지만, 랜턴으로 모든 곳을 비추어 볼 수는 없으니 말이다.

할아버지와 아버지는 가장 앞에서 사람들을 이끌고 있는 중이다. 어머니는 나를 잡고 두 분의 뒤를 따르며 조심스럽게 랜턴으로 주변을 탐색했다.

"조금 쉬었다 수색하자."

"그렇게 하지요."

할아버지 말씀에 아버지가 랜턴으로 뒤쪽에 신호를 보냈다. 사람들과의 간격은 길어야 10미터 정도다. 랜턴을 빙빙 돌리는 신호가 연이어 전달되었고, 사람들이 갱도에 앉아 쉬기 시작했다.

"아빠, 그걸 찾을 때까지 여기 있는 거야?"

"그래, 차훈아. 무섭니?"

"아니, 우리 가족이 다 같이 있어서 무섭지는 않아."

"오오, 우리 차훈이 정말 용감한데!"

"히히! 나 용감하지?"

"그럼, 누구 아들인데. 하하하하하!"

아버지가 환하게 웃는 것이 보인다. 내가 한 말이 기꺼우신 모양이다.

"차훈아, 배고프지 않니?"

"약간 고파요, 엄마."

쉬다가 걷다가 하며 갱도를 따라온 지 세 시간이 넘도록 걸었다. 점심을 먹을 시간이다.

"그럼 점심을 먹도록 하자."

난 점심을 먹어본 적이 거의 없다. 점심은 광산에서 일하는 사람만 먹을 수 있기 때문이다.

"자, 받아라. 딱딱하니까 조금씩 깨물어 먹어야 한다."

"네."

어머니가 주신 것은 내 주먹보다 약간 큰 검은색 빵이다.

'돌덩어리 같다.'

입에 무는 순간의 첫 느낌이었다.

'이가 부러질지도 모를 정도로 딱딱하다니⋯⋯.'

워낙 딱딱해서 어머니 말대로 조금씩 깨물어 먹었다. 별다른 맛은 없지만 끼니를 때우기에는 충분한 것 같다.

할아버지와 부모님도 검은색 빵으로 허기를 달래셨다. 내 뒤를 졸졸 따라오는 아저씨들도 마찬가지다.

"자, 물도 마셔라."

조그만 빵 하나를 다 먹으니 아버지가 수통을 내미신다. 목을 축이고 나자 할아버지가 자리에서 일어나셨다.

"앞으로 좀 더 가면 갱도가 갈라지니, 다음 조는 왼쪽으로 들어가도록 해라."

"알겠습니다, 반장님."

할아버지의 목소리에 뒤에서 대답이 들린다.

"차훈아, 이제 가자."

"예, 할아버지."

다들 일어서서 또다시 걷기 시작했다. 울렁거리는 것을 찾으려 여기저기 랜턴을 비추며 앞으로 걸어 나갔다.

"아버지, 오른쪽 막장은 전에 사람들이 사라졌던 곳이 아닙니까?"

"사람들이 사라졌던 곳들은 각 반장들이 직접 맡기로 했다. 다른 이들이 맡지 않으려 하니 어쩔 수 없었다."

"으음……."

상황이 심각하니만큼 아빠도 어쩔 수 없다는 것을 아셨는지 할아버지의 말에 고개를 끄덕이신다. 위험한 곳을 먼저 맡는 것이 책임자가 해야 할 일인 것 같다.

"조심하도록 해라. 자네들도 조심하고. 전에 내가 말한 것도 잊지 말고. 위험이 닥치면 내가 전에 말한 대로 해주게."

"예, 반장님."

할아버지의 말씀에 대답하는 아저씨들의 표정이 좋지 않다. 꽤나 긴장하신 모습이다.

모두 다섯 분인데, 할아버지를 따르는 분들이다.

사실 할아버지를 따르는 이들은 꽤 많다. 광산에서 일하는 사람들을 관리하는 것이 할아버지니 당연한 일이지만, 그중에서도 저 다섯 분은 마치 부하처럼 할아버지를 따르신다.

조금 걷자 두 갈래 갱도가 나타났다.

"이쪽으로."

긴장한 어조로 말씀하신 할아버지는 오른쪽 갱도로 들어섰다. 할아버지가 앞장을 서고, 아빠가 바짝 뒤를 따른다. 난 아저씨들에게 둘러싸여 엄마와 함께 중간에서 뒤를 따라 걸었다.

한참을 걷다가 아버지가 고개를 갸웃거리신다.

"아버지, 뭔가 조금 이상합니다."

"뭐가 말이냐?"

"어쩐지 이곳이 추워진 것 같습니다."

"으음, 그런 것 같구나. 아무래도 조심해야 할 것 같다."

난 아까 전부터 추웠는데 아빠와 할아버지는 지금에야 알아차리신 것 같다.

'이상하기는 하다. 추운 것도 그렇지만……'

아버지 말대로 이상하게 춥다.

뭐라고 할까, 소름이 돋는 한기라고 할까.

지하로 내려갈수록 온도가 올라간다고 들었는데, 자연적인 현상이 아닌 것만은 분명하다. 이상함을 느꼈는지 엄마가 나를 들더니 품에 안으려 했다.

'저건 뭐지? 땅이 일렁이는 것 같은데……'

랜턴이 비추지 않았던 먼 앞쪽에서 어둠이 일렁인다. 엄마가 말씀한 것이 눈에 들어왔다.

"어, 엄마. 저기!"

"뭐가 보이니?"

"저기 까만 게 울렁거려."

"피해라! 어서!!"

내 말이 끝나기 무섭게 할아버지가 소리쳤다.

타타타타탁!

엄마는 곧바로 나를 들쳐 안고 뒤로 돌아 달리기 시작했다. 마주 안은 탓인지 뒤쪽이 보인다. 일렁거리던 어둠이 우리를 향해 빠르게 다가오고 있다.

"차앗!"

기합과 함께 할아버지의 손끝에서 뭔가가 튀어나왔다. 저녁때 봤던 노을보다 더 짙은 색의 빛이다.

할아버지가 뿌리는 붉은 기운이 어둠을 향해 돌진했다. 어둠이 잠시 멈칫하는 것 같았다.

"할아버지!!"

소리를 질렀지만 어둠이 삽시간에 할아버지를 삼켜 버렸다.

아빠도 마찬가지다. 할아버지의 뒤를 이어 어둠을 향해 붉은 기운을 뿌리신다. 다시 멈칫하는 것 같더니, 어둠은 이내 아빠를 삼킨다.

"아, 아빠!!"

"미소 씨, 차훈이를 어서 던져!"

앞서 달리던 아저씨 중 하나가 엄마를 향해 소리친다.

"차훈아! 꼭 살아남아야 한다! 꼭!"

"어, 엄마!"

휘—이익!

내 몸이 날고 있다.

엄마가 그대로 앞쪽으로 나를 던졌다.

파파팟!

"차훈아, 눈 감아!"

아저씨 중 하나가 나를 잡더니 아주 빠른 속도로 달린다. 어둠 속에 잠기는 엄마의 눈동자와 마주쳤다. 눈을 감을 수가 없다. 엄마의 마지막 눈빛에 서린 걱정이 나를 잡는다. 시간을 벌기 위해서인지 엄마도 손에서 붉은 빛을 뿌리신다. 그러고는 이내 어둠에 묻히셨다.

"어, 엄마!"

엄마를 집어삼킨 어둠이 계속해서 쫓아온다. 달리는 속도가 빠르지 않으면 금방이라도 잡힐 것같이 간당간당하다.

밀려오던 어둠이 갑자기 멈췄다. 그러고는 이내 원래의 자리로 빠르게 이동을 한다.

어둠은 사라졌지만 갱도 앞쪽에는 아무것도 없다. 어둠이 모든 것을 집어삼킨 자리에는 그 무엇도 남아 있지 않았다.

머리가 멍하다. 또다시 머리가 아프다.

"흑! 흑!"

어째서 이런 일이 일어났는지 모르겠다. 나를 지켜주던 든든한 울타리가 모두 사라졌다. 마음이 너무 아프다. 나도 모르게 눈물이 흐른다.

"휴우……."

나를 안고 있던 아저씨가 안도의 한숨을 내쉬며 자리에 앉는다.

"차훈아."

"아저씨, 다들 어디로 간 거죠? 할아버지도 그렇고, 아빠랑 엄마가 가, 갑자기 사라졌어요. 흑흑!"

"뚝! 울지 마라."

아저씨가 엄하게 말한다.

"흑… 예."

"차훈아, 네 부모님과 할아버지는 이계로 통하는 문이 열려서 그곳으로 끌려갔단다."

"왜 끌려갔는데요?"

"그것은 나도 잘 모르겠다."

"세 분 모두 돌아올 수는 있는 건가요?"

아저씨의 표정이 굳어진다.

"으음, 출입이 가능한 곳이라면 머지않아 볼 수 있겠지만, 여기는 아닌 것 같구나."

"그게 무슨 소리예요?"

"지금 나타난 것은 출입이 불가능한 게이트 같다. 그런 곳에 들어가서 지금까지 돌아온 사람은 아무도 없었단다."

"그럼 다 돌아가신 건가요?"

"그것은 확실히 모르겠다. 저런 비정형 게이트에서 다시 돌아온 사람이 없을 뿐이지, 들어갔던 사람이 죽었다는 것을 확인한 적은 한 번도 없으니 말이다."

어제 스팟에 대해 할아버지에게 들은 것이 있다. 들어갈 수만 있고 나올 수는 없는, 그런 곳이 있다고 말이다.

'으으!'

스팟에 대해서 생각하니 다시 머리가 아프다.

'그래서 말씀해 주신 건가?'

두통이 가라앉고 나니 이상하게도 걱정이 들지는 않는다. 걱정하지 말라고 스팟에 대해 알려주신 것 같은데, 그것만으로 이런 안도감이 드는 것이 조금 이상하다.

'언젠가는 세 분 모두 만날 수 있을 것이다. 이제 나는 어떻게 해야 하지?'

부모님과 할아버지가 게이트라는 곳으로 끌려가 버렸다. 기이할 정도로 불안한 마음이 들지 않는 것을 보면 모두 무사하실 것이다.

그렇지만 보호자가 사라진 지금, 이제 겨우 다섯 살인 내가 무엇을 어떻게 해야 할지 정말 눈앞이 캄캄했다.

오인방 중 첫째인 강신은 멍한 눈으로 어둠 속을 바라보고 있는 차훈의 모습에 마음이 아팠다.

'이제 겨우 다섯 살인데 천애고아라니, 어떻게 해서든지 말렸어야 했는데.'

자신을 비롯한 오인방이 제자로 삼고 싶을 정도로 총명한 차훈을 위해서라도 이번 사건에 나서지 말자고 조언을 했지만, 상훈은 듣지 않았다. 어차피 수용소에서 가만히 놔두질 않는다는 것을 잘 알고 있기에 시키는 대로 한다는 것은 알았지만, 그래도 말리지 못한 것이 후회됐다.

'어쩔 수 없는 일이지. 확장하는 게이트인 줄은 우리도 몰랐으니까.'

대부분의 스팟은 고정적이다. 게이트도 그 주변을 벗어나지 않는다. 이렇게 게이트가 확장을 하는 것은 한 번도 나타난 사례가 없었기에 미처 대비를 하지 못했다.

하지만 대비를 하고 있었다 하더라도 결과가 다르지 않았을 것임을 알기에 강신은 멍한 눈으로 어둠을 바라보고 있는 차훈의 등을 쓰다듬었다.

[조금만 늦었어도 끌려갈 뻔했군. 차훈이는 어때?]

뇌리로 직접 전해지는 유찬의 물음에 강신은 고개를 저으며 대답했다.

[얼이 빠진 것 같아.]

[안됐군. 졸지에 가족을 모두 잃었으니 말이야.]

[어쩔 수 없지. 스팟에 게이트가 생기는 것을 우리가 막을 수 있는 것도 아니고 말이야.]

[그런데 지금 그것 말이야. 확장형 스팟인 것 같지 않아?]

[그런 것 같더군. 비정형으로 발생했다가 사라지는 것을 반복

하는 것 같은데, 어떻게 하지?]

[우리가 본 것만 보고를 하는 수밖에 없겠지. 우리가 스팟에 대해 알고 있다는 것을 눈치채면 놈들이 가만히 있지 않을 테니까 말이야.]

[그냥 겪은 사실만 말하도록 하자는 말인가?]

[그러는 것이 좋을 것 같아. 귀찮은 일에 휘말릴지도 모르니까 말이야.]

[그게 좋겠군. 그러면 차훈이는 어떻게 하지?]

[어떻게 하긴. 그 양반이 부탁한 대로 우리가 돌봐야지. 그 양반하고 아들 내외가 시간을 벌어주지 않았다면 우리도 끌려 들어갔을 테니까 말이야.]

차훈의 가족 세 사람이 시간을 벌어주지 않았다면 자신들도 게이트 안으로 끌려 들어갔을 상황이었기에 남겨진 차훈을 돌보는 것은 당연한 일이었다.

[어차피 우리가 가진 것을 차훈이에게 전하려 했으니 문제는 없겠지만, 아직은 어린아이라…….]

[그 양반도 우리의 정체를 알아차린 것 같아 보였다. 그리고 나름대로 잘 가르쳐 놓은 것 같으니 문제는 없을 것 같은데?]

[그렇기는 하지. 나이답지 않게 똑똑하니 충분히 수련할 수 있을 거야. 그렇게 하도록 하는 것이 좋겠네.]

강신과 유찬의 대화를 전해 듣던 세 사람도 고개를 끄덕였다. 뜻하지 않게 차훈을 떠맡게 됐지만, 충분히 가르칠 만한 자질을 가지고 있었다.

무엇보다 공화국의 내부에서 획책하고 있는 것들에 대해서 오랜 시간 조사를 해야 하는 자신들이다. 언제 죽을지 모르는 상황이었다. 임무를 수행하면서 자신들이 익힌 것을 이어 나갈 후예를 기른다는 것도 나쁘지 않은 상황이라고 생각되었다.

졸지에 고아가 된 나 때문인지 다섯 아저씨가 안된 눈빛으로 나를 본다.

'그렇게 보지 않아도 되는데……'

입으로 말을 하지는 않았지만 다 들린다. 예전부터 가지고 있는 능력이다. 내가 부모님과 할아버지의 말귀를 알아듣기 시작한 것은 한 살 때부터다. 두 살 때부터는 집중을 해야 하기는 하지만 다른 사람의 생각도 들리기 시작했다.

사실 가지고 있는 특이한 능력들을 전수해 주시겠다는 아저씨들의 결정은 나로서도 반가운 일이다. 할아버지도 반드시 배우라고 하셨으니 말이다.

내 나이가 어린 탓에 이번 일이 상처가 되어 수련을 하는 동안 성장에 지장을 줄지도 모른다는 생각에 걱정을 하시는 것 같지만, 문제없었다. 말을 알아들을 때부터 할아버지에게 늘 배운 것이 혼자 살아남는 법이었으니 말이다.

할아버지는 이런 상황을 예측하신 것 같다. 수용소에 갇힌 상황이라 언제 당신들이 잘못될지 모른다고 아주 어린 나이임에도 나를 철저히 가르치셨다.

'할아버지와 부모님들이 걱정이기는 한데…….'

나는 걱정이 없지만 할아버지와 부모님이 문제다. 이상한 곳으로 빨려 들어가신 것 같으니 말이다.

'그렇지만 묘하게도 걱정이 들지를 않으니, 이상한 일이다.'

게이트란 곳으로 세 분이 빨려 들어갔지만 그다지 걱정이 되지는 않는다. 예지에 가까운 내 예감대로라면 세분은 살아 계실 것이 확실한 것 같으니 말이다.

'무사하실 것이다. 남다른 힘을 가지고 계신 분들이니. 그리고 게이트 너머로 가신 것이지, 죽임을 당하신 것이 아니니까. 능력을 키우고 내가 넘어가서 구해 오면 된다.'

할아버지가 말씀하셨다. 이 세상은 힘이 모든 것을 지배하기 시작했다고. 능력이 없는 자는 도태된다는 뜻이다. 세 분을 구하기 위해서는 내 힘을 키워야 한다. 내가 가지고 있는 능력들을 말이다.

'아저씨들의 능력에 대해서 전부 파악하지는 못했지만, 배우는 것도 문제는 없다. 사용할 수 없다 뿐이지, 할아버지로부터 아저씨들의 능력에 버금가는 것들을 이미 배웠으니…….'

아직 숙달이 되지 않았을 뿐, 할아버지로부터 많은 것을 배웠다. 생각해 보면 신기하면서도 아주 무서운 것들이다. 할아버지가 어떻게 그런 것들을 배우셨는지는 모르지만, 이제부터는 나를 성장시켜야 할 시간이다.

[어차피 여기서는 결론이 나지 않을 테니, 일단 나가자고. 이 정도로 게이트가 확장됐으면 다른 데도 틀림없이 사고가 났을 테니까 말이야.]

[그렇게 하는 것이 좋겠군.]

잠시 숨을 고르며 대화를 나누던 아저씨들이 자리에서 일어났다. 어둠을 뒤로하고 갱도를 따라 밖으로 나선다.

'아직 말을 할 처지가 아니지. 난 그저 아이에 지나지 않으니까 말이야.'

뭐라고 말을 하고 싶지만, 그럴 수 없다. 내가 특별하다는 것을 알릴 필요는 아직 없다. 다른 사람들이 보기에 나는 충격을 받은 어린아이여야 한다. 내가 가지고 있는 능력들은 아무리 아저씨들이라도 알려져서 좋을 것이 없다.

'빛이군.'

갱도를 따라 상당한 시간을 걸은 후, 멀리 점 같은 하얀빛이 보였다. 그렇게 얼마 지나지 않아 광산을 나왔다.

"우리가 마지막인 것 같군."

"우리가 제일 마지막 갱도에 있었으니 그런 것 같네."

"그나저나 들어갔던 사람들 대부분이 이번에 희생된 것 같은데 말이야."

유찬 아저씨의 말대로 광산을 나온 사람들이 얼마 되지 않았다. 거의 만 명에 가까운 인원이 들어갔는데 나온 사람은 고작 천 명도 되지 않아 보였다.

경비대장이 이리로 다가온다.

다들 넋이 나간 모습으로 주저앉아 있는 마당이라 비교적 멀쩡해 보이는 아저씨들에게 묻기 위해서인 것 같다.

"차훈아, 너는 아무것도 모르는 거다. 그냥 아저씨들에게 맡겨둬라."

"아, 알았어요."

나는 쓸데없는 말을 하지 말라는 주의에 대답을 하고는 입을 다물었다. 아저씨들에게 다가온 경비대장이 물었다.

"광산 안에서 무슨 일이 일어난 건가?"

"어둠이 덮쳐 왔습니다. 반장님과 아드님 내외가 어둠 속으로 순식간에 빨려 들어갔습니다."

"사실인가? 정말 어둠이 움직였다는 말인가?"

"예. 갑자기 기온이 떨어지더니, 잠시 뒤에 어둠이 움직였습니다. 마치 악마처럼 모든 것을 삼켜 버렸습니다. 어둠이 일렁이는 것을 일찍 발견할 수 있어서 우리들은 간신히 도망칠 수 있었습니다."

"으음, 모두 같은 말이로군."

이미 나오는 사람들마다 물어봤던 모양인지 경비대장이 고개를 끄덕인다.

"그럼 저 사람들도 저희와 같은 일을 겪은 겁니까?"

"그렇다. 아무래도……."

경비대장이 뭔가 말을 하려다가 입을 다문다. 스팟에 대해 말하려다가 아저씨들 때문에 입을 다문 것 같다.

"지금부터 모두 막사로 돌아간다! 이후의 일은 방송으로 알려주겠다!"

경비대장이 소리를 질렀다. 놀람과 당황, 공포가 아직도 눈속에 남아 있는 사람들이지만, 주섬주섬 일어나 막사로 향했다. 수많은 사람들이 사라진 지금, 고분고분 말을 듣지 않으면 죽음뿐이라는 것을 이들도 알고 있는 것이다.

아저씨들도 막사를 향해 걷기 시작했다.

"차훈아, 머지않아 수용소를 옮겨갈 것이다. 분명 이번 일에 대해 조사하는 놈들도 나올 테니, 너는 그냥 아무 말도 하지 마라. 우리에 대해서도 말이야. 알았지?"

"예, 아저씨."

아무래도 아저씨들이 바람처럼 달리던 모습을 말하지 말라는 것 같다. 뭔가 문제가 생길 것 같으니 아저씨 말대로 하기로 했다.

막사에 들어온 이후, 아무 곳도 갈 수 없었다. 아저씨나 아줌마들은 일도 하지 않았다. 그저 식사 시간이 되면 음식들을 타가지고 와 먹는 것이 전부인 시간이었다.

막사에 있는 동안 아저씨들에게 스팟과 게이트에 대해서 들을 수 있었다. 신비로운 에너지가 넘치며, 이계로 갈 수 있는 게이트가 스팟에서 생겨난다는 것을 알았다.

그리고 내가 어째서 수용소 생활을 하는지도 듣게 되었다.

사람들이 북쪽으로 끌려와 인간 이하의 삶을 살게 된 원인이 바로 스팟이었다.

　대한민국이라는 나라가 사라졌다. 그 원인도 스팟 때문이었다. 북한의 침략이 있기 얼마 전에 대한민국 곳곳에서 스팟이 발견되었다고 한다. 전후방을 가리지 않고 워낙 많은 수의 스팟이 생긴 터라 극히 일부 병력을 제외하고는 탐색에 투입되었다고 한다.

　스팟 중에 출입이 가능한 것이 있다면 국력을 획기적으로 늘릴 수 있는 기회였으니 대한민국 정부는 탐사에 전력을 기울였다고 한다.

　그러나 그것은 기회가 아니라 나라가 망하려는 전조였다. 스팟 탐사에 투입되었던 병력들 대부분이 갑자기 사라져 버렸다. 그것도 전쟁이 일어난 당일에 100만에 가까운 병력 중 90%가 넘는 인원이 한순간에 사라져 버린 것이다.

　군인들이 사라지고 난 후에 북한은 대한민국에 곧바로 군대를 투입했다고 한다. 대항할 군인이 없는 까닭에 대한민국의 정부는 곧바로 항복할 수밖에 없었다.

　그것이 대한민국이 사라진 진짜 이유였다. 믿을 수 없는 일이지만, 아저씨들은 사실이라고 했다.

　아저씨들은 스팟이 발생한 것이 북한의 소행 같다고 했다. 스팟으로 인해 그 많던 군인들이 사라져 버렸고, 그 시간에 맞춰 전격적으로 남하한 것을 보면 이면에 북한의 개입이 있을 것 같다는 것이 강신 아저씨의 말이었다.

아저씨들의 말을 듣자 나도 그럴 것 같다는 생각이 들었다. 스팟이라는 것은 오래전부터 생겨나고 있었지만, 그렇게 많은 수가 나타난 것은 처음이라고 하니 말이다.

스팟에 대해 들으면서 나는 게이트 너머가 이계라는 것에 주목했다. 출입이 가능한 게이트 너머의 땅에는 인간도 살 수 있을 것이라는 말 때문이다. 이번에 생성된 스팟이 들어가면 나올 수는 없는 곳이라고는 하지만, 어쩌면 부모님과 할아버지가 이계에서 살아 있을 가능성이 있었다.

어떻게 해야 게이트 안으로 들어갈 수 있을지 강신 아저씨께 물어봤지만, 대답을 해주지 않으신다. 들어가고 싶으면 나이가 찬 후에 들어가라는 말씀만 하셨다.

게이트에 대해 설명을 들은 후, 나는 고민에 빠졌다.

아저씨들 말대로 가르쳐 주는 것을 모두 배운 후에 게이트를 넘을 것이냐, 지금 당장 할아버지와 부모님을 찾아갈 것이냐를 결정하기 위해서였다.

고민은 그다지 길지 않았다.

어린 나는 할 수 있는 것이 아무것도 없었다. 아저씨들이 가르쳐 주시는 것이 무엇이든지 이제부터 열심히 배워야 할 것 같다.

벌써 일주일이 지났다.

오늘도 고민에 빠져 있는 중이다.

내가 간직하고 있는 비밀을 말할 것이냐, 아니면 이대로 묻어 두고 지낼 것이냐가 문제다.

할아버지가 절대 비밀로 하라고 하셨지만 아저씨들에게 사사하려면 어느 정도는 말씀을 드려야 할 것 같아서다.

"무슨 고민이라도 있는 것이냐?"

"조금이요."

"고민이 뭔데 그러는 거지?"

"할아버지와 한 약속이 있는데, 지켜야 하는지 고민이 돼서요."

"꼭 지켜야 한다고 하셨느냐?"

"예, 반드시요."

"그럼 지키도록 해라. 네 할아버지라면 절대로 허튼 짓을 시키실 양반이 아니니 말이다."

"다른 사람에게 미안한 일인데도요?"

"다른 사람을 해치는 일이 아니라면 지키는 것이 좋을 것 같다."

"으음, 알았어요."

고민의 당사자가 이렇게 말해주니 괜한 고민을 했다는 생각이 들었다.

— 전부 연병장으로 집합해라.

비밀로 두기로 마음을 굳히자 확성기를 통해 방송이 흘러나왔다.

"결정이 내려진 모양이구나. 어서 나가보자."

강신 아저씨 말에 자리에서 일어나 바깥으로 나갔다. 연병장으로 가니 커다란 버스들이 줄지어 서 있다.

"예상한 대로 다른 곳으로 이송시킬 모양이구나."

"어디로 가는 건가요?"

"그야 모르지. 아마도 수용소가 여러 곳일 것 같은데, 어디로 갈지는 나도 알 수가 없는 일이다."

"이곳은 어떻게 되는 건가요?"

"아마도 매영이 이곳을 차지할 것 같다. 이런 장소라면 수련을 하는 데 그만이니까."

"그렇군요."

게이트가 나타난 스팟 중에 출입이 불가능한 지역에서는 특이 에너지가 많이 나타난다고 한다. 광산의 스팟이 완전히 활성화된 탓인지 넘실거리는 붉은 기운이 주변에 가득하다.

아저씨들에게 들은 대로라면 매영은 능력자들이 모인 특수한 집단이다. 그런 집단이라면 여기를 그냥 놔둘 리 없었다. 자신들의 능력을 키울 수 있는 곳을 수용소로 쓰기에는 너무 아까우니 말이다.

― 오늘부터 이 수용소는 폐쇄한다. 모두 다른 곳으로 이송될 것이니, 대기하고 있는 버스에 타도록 해라. 물건은 하나도 가지고 갈 수 없으니, 그냥 타면 된다.

아저씨의 예상과 같은 말이 확성기를 타고 흘러나왔다. 강신 아저씨가 손을 들었다.

— *뭐냐?*

"막사에 남아 있는 환자들은 어떻게 합니까?"

— **그들은 별도로 이송을 시킬 계획이니, 모두 버스에 타라.**

경비대장 아저씨가 마이크에 대고 말하자 다들 움찔했다. 다소 신경질적인 목소리였기 때문이다.

경비대장의 표정을 본 사람들이 버스에 타기 시작했다.

'멀지 않은 곳에 다른 수용소가 있는 모양이군.'

나와 아저씨들도 버스에 탔다. 창문이라는 창문은 모두 철창으로 가려져 있고, 밖을 내다볼 수 없게 까맣게 채색이 된 버스 안에는 달랑 형광등 하나만 달려 있었다. 자리에 앉지도 못하고 빽빽하게 태우는 것을 보면 거리가 그리 멀지 않은 곳인 것 같다.

부우우웅!

버스가 달리기 시작했다. 계속 덜컹거리는 것이, 산길을 달리는 모양이다.

그렇게 한 시간 가까이 달린 후에야 버스가 멈췄다.

"모두 내려라."

맨 앞에 타고 있던 경비병이 소리를 질렀다.

문이 열리고, 사람들이 말없이 내리기 시작했다.

강신 아저씨의 품에 안겨 버스에서 내리던 나는 날카로운 인상의 경비병들을 볼 수 있었다. 경비병들도 꽤나 예민해져 있었다.

"내리는 대로 막사로 들어가라. 잡담은 허용하지 않는다."

살벌한 눈초리로 사람들에게 말하는 경비병에게서 묘한 기운이 흘러나왔다. 아저씨들을 비롯해 사람들의 눈가가 찌푸려졌고, 다들 경비병들의 눈을 피하는 것 같았다.

"차훈아, 아무 소리도 내지 마라. 저놈들은 미친놈들이다."

"예, 아저씨."

정말 이상했다. 잡담이 하나도 들리지 않았다. 그저 걸어가고 있는 발걸음 소리만 들릴 뿐이다.

더 이상한 것은 아저씨나 아줌마들의 몸이 떨리고 있는 것이다. 도대체 여기는 어디고, 경비병 아저씨들은 어떤 사람들이기에 저리들 공포에 떨고 있는지 모르겠다.

"후우."

막사에 들어오자마자 강신 아저씨가 한숨을 내쉰다. 다른 사람들도 마찬가지다. 다들 불안에 떨고 있는 모습이다.

"하필 저놈들이 있는 곳이라니……."

"그러게 말이야. 살인마들이 죽지 않고 살아 있었다니, 재수가 영 없는 것 같군."

강신 아저씨와 유찬 아저씨의 대화는 의문이 아닐 수 없다. 밖에 있는 경비병들을 아는 눈치였다.

"밖에 있는 경비병들이 살인마예요?"

"으음, 넌 그때 일을 모르겠구나. 밖에 있는 자들은 말이다. 그러니까……"

유찬 아저씨가 설명을 해주신다.

사람들이 전에 있던 수용소에 처음 들어갔을 때 벌어졌던 참상에 대해서 말이다.

"그게 정말이에요?"

"그래. 벌써 오 년이 지났는데도 이렇게 떨리지 않느냐. 저들이 있는 앞에서는 절대 입을 열어서는 안 된다, 차훈아."

"알았어요."

"그리고……."

유찬 아저씨는 앞으로 어떻게 해야 할지 설명을 해주었다.

소리에 민감한 자들이라는 것과 기분이 상하면 극도로 분노를 일으킨다는 것을 알려주었다.

'그럼 아까 그 묘한 기운이 살기라는 것이로구나. 저릿저릿한 것이 기분이 무척 나빴는데 말이야.'

말로만 듣던 살기를 직접 느껴보니 만만한 것이 아니었다.

'그나저나 여기서도 사람들이 강제로 노역을 해야 하는 것 같구나. 사는 것도 힘들어질 것 같고.'

다른 수용소의 사정은 어떤지 모르지만, 노역을 하는 것은 틀림없는 것 같다. 곳곳에 거뭇거뭇한 것이 묻어 있는 막사를 보니 탄광이 근처에 있는 것이 분명했다.

문제는 경비병들이다. 전에 있던 수용소에 있는 사람들과는 많이 다른 것 같다. 전부 다 살기 같은 것을 흘리고 있었다.

— **막사마다 한 명씩 나오도록 해라.**

얼마 있지 않아 확성기를 통해 방송이 나왔다. 사람들을 대표하는 강신 아저씨가 밖으로 나갔다.

나가고 얼마 지나지 않아 양동이를 가지고 들어오셨다. 강냉이와 보리로 만든 죽이 담겨 있었다.

"저녁이라고 합니다. 최대한 빨리 먹고 자라고 하니 어서들 드십시오. 그릇은 저곳에 있을 거라고 합니다."

말을 하며 강신 아저씨가 한쪽 구석을 가리켰다. 그곳에는 제법 큰 나무 상자가 놓여 있었다. 상자를 열자 그 안에서 나무로 만든 그릇과 수저가 나왔다. 다들 나눠 가진 후 차례대로 음식을 받아서 먹기 시작했다. 나는 기다리고 있다가 다섯 아저씨와 같이 먹었다.

'더럽게 맛이 없구나.'

전에 있던 수용소보다 음식이 형편없었다. 검은 빵이라도 있으면 같이 먹고 싶었다.

'쥐라도 잡아먹어야 할 것 같네.'

엄마와 함께 몇 번 잡아먹어 본 적이 있다.

잡은 후에 바로는 먹지 못하지만, 육포로 만들면 제법 먹을 만하다. 식사를 하고 다들 잠자리에 들었다. 평상으로 만들어져 있어 전과 다를 것도 없지만, 한 막사에 많은 인원이 들어와 있어서인지 상당히 불편했다.

그렇게 막 잠이 들 무렵이었다.

'뭐지?'

두 분이 생각으로 대화를 나누고 계신다. 그런데 많이 긴장을 한 것 같다.

[앞으로 어떻게 할 생각인가?]

[차훈이를 잘 가르쳐야겠지.]

[놈들이 이곳에 있단 말일세. 여기에 남아 있는 놈들은 시험에서 떨어진 놈들이 분명하네. 그렇지 않다면 이곳에 있을 이유가 없으니 말이야.]

[괜찮네. 자네는 느끼지 못했나?]

[뭘 말인가.]

[놈들의 몸에서는 피 냄새가 나지 않았어.]

[그러고 보니 그렇군. 살기는 진동을 했지만, 피 냄새가 전혀 없었지.]

[놈들이 피와 떨어져서 살 수 없다는 것을 자네도 잘 알 거야. 그런데 피 냄새가 나지를 않아. 그게 어떤 의미라고 생각하나?]

[금제를 당했다는 말인가?]

[아무래도 금제를 당했다기보다는 가지고 있던 힘들을 회수당한 것 같네.]

[으음, 그럴 가능성이 높겠군.]

[무엇보다 여기가 최적지네. 그만한 에너지를 보유하고 있는 스팟을 찾기는 하늘의 별 따기라 놈들의 시선이 당분간 우리가

머물렀던 수용소로 향할 테니 말이야.]

[무슨 말인지 알겠군. 낙오자들이 머물고 있으니 여기는 감시가 덜할 것이라는 거군.]

[내 말이 그것일세. 당분간 여기서 차훈이를 키우는 일에 집중하세나.]

[알았네. 그렇게 하도록 하지. 다른 이들에게도 그렇게 알려주겠네.]

나를 키우겠다는 것을 보면 전부터 말하던 것을 가르쳐 줄 모양이다. 아주 특별한 분들이니 뭔가 쓸모가 많은 것을 배울 것 같다.

'자자. 엄마가 일찍 자고 일찍 일어나는 어린이가 되라고 했으니 말이야.'

전에는 말을 잘 듣지 않았는데 지금은 들어야 할 것 같다. 나중에 그 게이트로 들어가 엄마를 만나게 되면 할 말이 있어야 하니 말이다.

'으음.'

어렴풋이 잠이 들었다가 깼다. 몸이 간지러워서다.

'이가 있나?'

수용소에 들끓던 이가 있나 해서 찾아봤지만, 잡히는 놈이 없다.

'그런데 왜 이렇게 간지럽지?'

이가 없는데도 무척이나 간지럽다.

'할아버지가 가르쳐 주신 것을 해보자.'

이가 많은 탓에 할아버지로부터 심법을 배웠다. 내력이 생기면 이를 물리칠 수 있다고 해서 배웠는데, 효과가 아주 좋았다. 처음에는 힘들지만 내력을 항상 돌리고 있으면 한 번도 물리지 않았으니 말이다.

내력을 돌리니 간지러움이 사라진다. 오히려 시원한 느낌마저 든다.

'아음, 다시 자야겠다. 앞으로는 쉬지 않고 해야겠다.'

간지러움이 가시니 졸음이 몰려온다. 부모님과 할아버지가 사라진 후부터 내력을 돌리는 것을 쉬었는데, 이곳에서 생활하려면 계속해야 할 것 같다.

다음 날 아침, 다른 사람들이 수용소로 들어왔다. 창문 너머로 보니 꽤나 많은 사람들이다.

'처음 보는 사람들이다.'

옷가지가 각양각색인 것을 보니 다른 수용소에서 온 사람들이 아니라 처음으로 수용되는 사람들인 모양이다.

웅성웅성 떠드는 모습을 보니 다들 불안한 것 같다.

퍼퍼퍼퍽!

사람들이 떠드는 것을 멈추지 않자 경비병들이 몽둥이를 마구 휘둘러 사람들을 팬다. 머리가 깨지고 피가 철철 흘러도 매질을 멈추지 않는다. 경비병들의 눈동자가 빨갛다. 살기도 몸에 철철 흘러넘치고 있다.

아저씨들과 사람들이 불안해하던 이유를 알 것 같다. 사람이 맞아 죽는다는 것이 얼마나 공포스럽고 끔찍한 일이라는 사실을 알 것 같았다.

그렇게 본보기로 대여섯 사람이 맞아 죽었다.

[우리 생각이 틀렸군.]

[그런 것 같다.]

[그래도 전보다는 나은 것 같다. 생명력을 빼앗는 기물을 쓰지는 않는 것 같으니 말이야.]

[그렇지만 무슨 짓을 할지 모르는 놈들이니 항상 조심해야 한다.]

[그래, 피에 미친 놈들이니까 말이야. 다들 조심해라.]

"차훈아, 함부로 입을 열지 마라."

"알았어요."

아저씨 말대로 하는 것이 좋을 것 같다. 살기로 물든 경비병들의 모습이 할아버지가 말씀하신 야차 같으니 말이다.

― 모두 줄을 서라.

양복을 잘 차려입은 배불뚝이가 마이크를 잡고 말한다. 맞아 죽은 사람들 때문인지 사람들이 부리나케 줄을 선다.

― 당에 반하는 사상을 가진 너희들은 쥐새끼보다 못한 놈들이다. 앞으로 지시를 잘 따르지 않으면 죽어 나자빠진 놈들처럼 될 것이다. 다음 지시는 경비대장이 할 것이니 잘 따르도록.

한마디 한 배불뚝이가 연단에서 내려와 연병장 건너편으로 간다. 똑같은 구조의 수용소인 것을 감안할 때 소장실이 있는 곳이다.

— 너희들은 앞으로 석탄 광산에서 채굴을 하게 될 것이다. 식사는 하루 세 번 배급된다. 단, 세 번 배급이 되는 자들은 일을 하는 자들뿐이다. 일을 하지 못하는 자들은 하루 한 번밖에는 배급받지 못하니 명심하도록. 지금부터는 막사를 지정해 줄 테니 이동하도록 한다.

방송으로 흘러나오는 지시에 경비병들이 일사불란하게 막사를 지정해 줬다.

'우리 막사는 사람들이 넘쳐 나는데도 지정을 해주는 건가?'

몇 명이 우리 막사로 지정되어 오고 있었다. 대부분 나이가 지긋한 할아버지들이다. 막사가 열리고 할아버지들이 들어왔다. 모두 일곱 명이다.

"어서 오십시오."

강신 아저씨가 나서서 할아버지들을 맞았다.

"후우, 이런 곳일 줄이야."

할아버지 한 분이 한숨을 쉰 후 바닥에 주저앉는다. 몸을 떨고 있는 것을 보니 꽤 무서우셨던 것 같다.

"어디서 오신 분들입니까?"

"우리는 모두 제주도에서 왔소. 오 년 동안 버텼는데, 한 달 전에 그만 함락을 당했소."

"아!"

"어쩌다가……."

마지막 희망이 사라졌다는 사실에 사람들이 실망한 듯 고개를 떨어트린다.

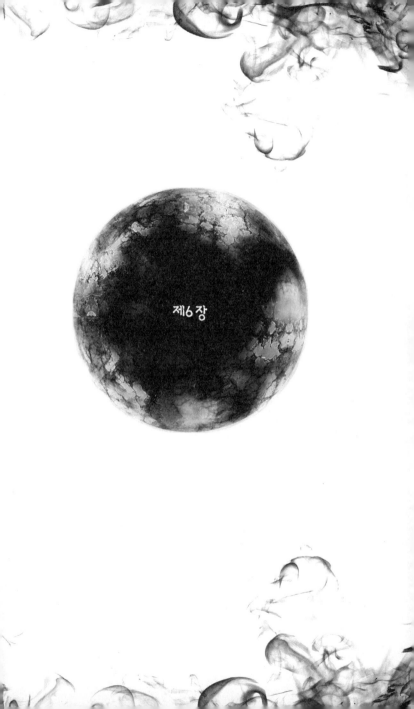

제6장

몇 년 전 대한민국이 점령을 당할 당시, 유일하게 함락을 당하지 않은 곳이 제주도였다고 들었다. 스팟이 나타나지 않은 유일한 곳이 제주도였기 때문이다.

해군 전력을 비롯해 상당수의 병력이 주둔하고 있었고, 때마침 미국과 일본이 급파한 병력이 있어 무사할 수 있었다고 했는데, 그만 제주도마저 점령을 당한 모양이다.

"제주도가 함락을 당했다니……."

"갑자기 나타난 강습함이 상륙을 주도했고, 강력한 공군력으로 인해 미군과 일본군이 패주했지. 얼마 버티지도 못하더군. 많은 사람들이 어선을 이용해 탈출했지만, 대부분은 사로잡혀 북으로 끌려왔소."

"그렇군요. 그러면 오시는 동안 남쪽은 어땠습니까?"

"잘 모르겠소. 우리는 모두 배로 끌려왔으니 말이오."

"그렇군요. 다들 놀라셨을 테니, 좀 쉬십시오."

"고맙소."

강신 아저씨는 할아버지들을 쉬도록 했다.

'저 할아버지는 날 왜 쳐다보는 거지?'

쉬고 있던 할아버지 한 분이 날 물끄러미 바라보신다.

"아가, 네 이름이 뭐냐?"

"차훈이요, 박차훈."

"박차훈이라……."

할아버지가 뭔가 생각에 잠기신다.

"부모님은 없느냐?"

"지금은 안 계세요."

"그럼 할아버지는?"

"할아버지도 안 계세요."

"그렇구나. 알았다."

할아버지는 더 이상 묻지 않고 눈을 감으셨다. 뭔가 생각을 할 것이 있나 봤더니 벽에 등을 기댄 채 앉아서 잠을 주무신다. 꽤나 재미있는 할아버지다.

정진호는 잠을 자는 것이 아니었다. 생각을 정리하기 위해 잠을 자는 척했을 뿐이다.

'자네도 이곳에 끌려왔던 모양이군. 척 봐도 자네 손자인 걸 보면 말이야.'

정진호는 어린 차훈의 모습에서 친우의 얼굴을 볼 수 있었다. 어린 시절 같이 뛰어놀던 친구의 모습과 무척이나 닮아 있었다. 차훈이라는 이름도 며느리가 아이를 가졌다는 말을 듣고 자신이 친우를 위해 지어준 것이었다.

'그나저나 자네가 가다니……'

정진호는 가슴이 답답했다.

살아 있을 것이라 생각했던 친우가 죽었다는 것이 믿겨지지 않았다.

'군에 들어가 무예를 익힌 터라 살아 있을 것이라고 생각했는데, 이런 무지막지한 곳이라면 자네라도 견디기 힘들었겠지. 놈들이 배후에 있다면 자네의 무예가 높아졌다고 하더라도 탈출한다는 것은 불가능했을 테니까 말이야.'

정진호는 한반도 곳곳에 스팟이 생성되는 것을 보고 조사를 시작한 후, 누군가 인위적으로 스팟을 만들고 있다는 것을 알 수 있었다. 그는 대륙판의 경계에 놓여 있어 지형상 스팟이 생성되지 못하는 제주도로 급히 피신한 후 내막을 알아보았다.

스팟을 생성시키고 일부러 정보를 유출해 군대가 스팟을 탐색하도록 유도한 세력은 북쪽을 장악하고 있는 매영의 지령을 받고 있었다.

남아 있는 사람들을 동원해 깊이 파고들어 보니 매영 또한 누군가에게 이용당하고 있음을 알 수 있었고, 나름대로 그에 대비할 준비를 했다.

그렇게 필사의 노력을 기울여 준비를 모두 마쳤건만, 조직의 배신자로 인해 제주도를 탈출할 기회를 놓친 정진호였다.

가지고 있는 능력을 모두 쏟아부은 터라 빈껍데기만 남은 그로서는 자력으로 제주도를 탈출할 수 없었고, 신분만 감춘 채 이곳까지 끌려와야 했다.

'후후후, 여기 와서 저 아이를 만나다니……'

모든 것을 포기할 수밖에 없던 상황에서 친우의 손자를 만나니 한 가닥 희망이 보였다.

마치 운명의 안배 같았기 때문이다.

'자네가 이 세상을 등졌다면, 얼마 남지 않은 삶이지만 차훈이는 내가 돌보도록 하겠네.'

남아 있는 시간은 길어야 10년이지만, 충분했다. 자신이 가진 것을 모두 전할 수는 없겠지만, 중요한 것은 전할 수 있는 시간이었다.

'차훈이를 건사하려면 조금이나마 능력을 찾아야 한다. 자연지기가 강한 곳이니 잘하면 일부나마 찾을 수 있을 것이다.'

능력을 잃었지만 감마저 죽은 것은 아니다.

주변에 휘돌고 있는 기운이 예사로운 것이 아니니, 전부는 아니지만 능력을 되찾을 수 있을 터였다.

'능력을 일부 찾는다고 모든 것이 해결되지는 않을 것이다. 그렇지만 저 아이를 위해서는 뭔가 할 수 있겠지. 일단 쉬면서 생각하도록 하자. 체력을 회복하며 내상을 치료하는 것이 우선이다.'

정진호는 아픔을 참으며 예전의 자신을 있게 한 심법을 운용했다. 찢어지는 고통이 가슴에 엄습했지만, 이를 악물며 참았다.

이상한 분이시다. 금방 잠이 드는 것 같았는데 인상을 쓰다니 말이다.

그리고 보면 아무래도 잠자는 것 같지는 않다.

할아버지처럼 아지랑이 같은 기운이 몸 주변에 맴돌고 있는 것이 보였다.

'심법 같은 것을 운용하시는 건가?'

기운이 주변으로 일정한 간격을 두고 맴돈다. 그러면서 몸속을 정기적으로 드나든다. 할아버지가 나에게 가르쳐 주신 것과 같은 심법을 운용하고 있는 것이 틀림없다.

'심법을 운용할 때 누군가 건드리면 큰일이 난다고 했는데, 정말 태평한 양반이다. 이런 곳에서 운용을 하다니. 아무래도 안 되겠다. 내가 지켜 드려야지.'

인상을 쓰는 것을 보면 내상을 입으신 것 같다. 저런 상태에서 무리하게 심법을 운용하다가 누군가 건드리면 곧바로 죽는다. 내가 지켜 드리는 수밖에 없을 것 같다.

먼저 바로 앞에 앉았다. 벽을 기대고 있으시니 내가 앞에 버티고 있다면 누군가 다가와 건드릴 염려는 없을 테니 말이다.

그렇게 상당한 시간이 흘렀다.

'씨, 배고파 죽겠네.'

일을 하지 않으면 배급을 주지 않는다고 하더니, 정말이다. 막사에 있는 동안 아무것도 먹지 못했다. 그렇지만 내 뒤에서 심법을 운용하고 있는 분에게는 다행이다. 모두 조용히 배급이 될 때까지 기다리고 있으니 말이다.

'으으, 호흡이 안정적으로 변한 것을 보니 조금만 참고 기다리면 되겠다.'

사실 오줌도 마려워 죽겠다. 심법을 끝내시지 않아 자리를 뜰 수 없어 오줌을 누러 가지도 못했다. 조금만 참으면 된다고 생각하니 더 마려운 것 같다.

"차훈아."

날 부르시는 것을 보니 심법 운용이 드디어 끝난 모양이다.

"예."

"계속 이러고 앉아 있던 모양이구나."

"예."

"고맙구나. 내가 하는 것이 어떤 것인지 할아버지가 가르쳐 주신 모양이구나."

"예? 아, 아니요."

황급히 부인을 했다. 절대 비밀로 하라고 할아버지가 당부하
셨는데, 큰일이다. 누군가 들었나 하고 주위를 둘러보니 근처에
아무도 없다. 강신 아저씨가 밖으로 나간 이후 사람들의 이목이
밖으로 쏠려 있어 다행이다. 할아버지도 우리 주변에 사람이 없
음을 알고 물으신 모양이다.

　"걱정하지 말거라. 네 할아버지와 나는 친구였으니 말이다."

　"친구요?"

　"그래. 이름은 알려줄 수 없다만, 천호라는 것을 내가 알고
있다면 믿겠느냐?"

　"할아버지도 천호를 알고 계세요?"

　"그래. 믿지 못하겠지만, 알고 있단다. 그리고 너희 할아버지
와 나는 같은 스승을 모신 사이란다."

　"아! 그럼."

　이분을 알 것 같다. 심법을 수련하다가 언젠가 할아버지가 말
씀해 주셨다. 무예를 같이 배운 친구가 있다고 말이다.

　누구냐고 물었더니 이름을 알려주실 수 없다고 했는데, 이분
도 같은 말씀을 하신다. 할아버지가 말씀하신 친구분이 틀림없
는 것 같다.

　"나를 아는 모양이구나."

　"할아버지께서 말씀해 주셨어요."

　"나를 믿느냐?"

　"예. 이 세상에서 할아버지가 유일하게 믿고 있는 분이라고

하셨어요."

"하하하, 그랬구나. 앞으로 나를 할아버지처럼 여기려무나."

"고마워요, 할아버지."

어쩐지 정이 가더라니, 정말 고마운 분이시다. 아저씨들이 나를 지켜주고 있어도 조금은 힘들었는데, 정말 다행이다.

"할아버지는 어떻게 됐느냐?"

"여기서 말씀드리는 것은 곤란해요."

"그러냐? 그럼 시간이 날 때 말을 좀 해주려무나."

"예, 할아버지."

스팟과 게이트에 관해서, 특히 할아버지와 부모님에 관해서는 함부로 말해서는 안 되기에 다음으로 미뤘다. 말 못할 사정이 있다는 것을 아신 듯 더 이상 묻지 않으신다.

때마침 밖으로 나갔던 강신 아저씨가 돌아오셨다.

"몸은 좀 괜찮으십니까?"

"괜찮네. 밖에 나갔다가 온 모양인데, 무슨 일인가?"

"앞으로 작업할 내용과 지켜야 할 수칙에 대해서 설명을 듣고 왔습니다. 그런데 전에 있던 수용소보다는 지내기가 조금 더 힘들 것 같습니다."

"으음, 내가 수용소가 처음이라 그런데, 어떻게 지내야 하는 건가?"

"모두 들어야 하니까 조금만 기다리십시오. 다들 이곳으로 모이십시오!"

강신 아저씨가 사람들을 불러 모을 필요도 없이 어느새 주변이 가득 찼다.

　"지금부터 들은 것을 전해 드리겠습니다. 광산 작업은 아침 일곱 시부터 시작이 돼서 저녁 아홉 시까지입니다. 취침은 식사 후 열 시에 하게 됩니다. 아까 경비대장이 말한 것처럼 일하지 않게 되면 저녁 식사만 가능합니다. 다들 잘 알아들었으리라 생각합니다."

　"휴우."

　"에고."

　사람들이 한숨을 쉬며 자신이 자는 자리로 되돌아갔다. 사람들이 멀어지자 유찬 아저씨가 걱정스러운 듯 말했다.

　"전에는 여덟 시부터 시작해 여섯 시면 끝났는데… 힘들겠군. 네 시간이나 늘었으니 말이야."

　"그렇겠지."

　"석탄 분진 때문에 자칫 폐에 병이 생길지도 모르는데, 걱정이로군."

　유찬 아저씨가 인상을 쓰며 말끝을 흐렸다.

　"일방적인 지시였네. 어겼다가는 아까 맞아서 죽어 나간 사람들 꼴이 될 것이라고 말을 하더군."

　"개새끼들!"

　"다행인 것은 방진 마스크를 준다고 하네. 그리고 석탄 말고 다른 광물도 있다고 하더군. 그런 것을 캐면 하루 휴식을 준다고 하더라고."

"꼴에 인심은. 그나저나 어린아이들이 문제로군. 작업하기가 만만치 않을 텐데 말이야."

"다행스럽게도 어린아이들은 채광 작업에서 제외가 됐네. 능률이 오르지 않는다고 말이야."

"놈들이 어린아이들을 빼줬다는 건가?"

믿어지지 않는 듯 유찬 아저씨가 놀란 눈으로 물었다.

"어쩐 일인지 소장이 그렇게 지시를 내리더군."

"그것만 해도 다행이군. 그런데 다른 광물은 뭐라고 하던가?"

"아직 뭔지 듣지는 못했지만, 여러 가지가 같이 나오는 모양이야."

"하루 휴식을 줄 정도면 다이아몬드라도 나오는 모양이군."

"그럴지도 모르지. 잠시 후 배식을 한다고 하니, 나와 같이 가세. 다른 친구들도 나올 테니 말이야."

"앞으로 어떻게 해야 할지 상의를 좀 해둬야겠군."

"일단 작업부터 하자고 할 생각이네."

"그 작업 말인가?"

"그래."

"알았네."

알 수 없는 말을 남기고 두 분이 대화를 중단하셨다.

― *지금부터 배식을 시작한다.*

방송이 나왔다. 강신 아저씨와 유찬 아저씨가 밖으로 나갔다. 두 분이 얼마 지나지 않아 양동이 두 개를 들고 들어왔다.

딱딱한 검은 빵과 멀건 국물이 들어 있었다. 얼핏 세어보니 딱 숫자가 맞았다. 어른들 것보다는 훨씬 작지만, 내가 먹을 것도 있었다.

"다들 식기를 가지고 오세요."

강신 아저씨의 말에 사람들은 상자를 열고 식기를 가지고 왔다. 나무 국자로 국물을 떠서 담아 주고, 검은 빵을 하나씩 나눠 주었다. 빵을 받은 후 일부를 떼어 주머니 속에 넣은 후 국물이 들어 있는 그릇에 담갔다.

"할아버지도 이렇게 하세요."

"국물에 담그란 말이냐?"

"이게 돌덩어리라서 그냥 씹었다가 잘못하면 이빨 빠져요."

주위를 둘러보신다. 새로 들어온 사람들을 빼고는 전부 나처럼 하고 있는 것을 보더니 고개를 끄덕이신다.

"조금 담가두면 씹을 만하실 거예요."

"알았다."

빵을 그릇에 담그자 조금씩 국물을 흡수했다.

"으음, 무슨 재료로 만든 빵이기에……."

빨리 흡수할 것 같아 보였지만 빨아들이는 속도가 무척 느렸다. 색도 더 검어지니 무척이나 이상해 보일 만도 하다.

"뭐로 만들었는지 아무도 몰라요. 그렇지만 이렇게 하면 먹을 만해요. 자, 이제 됐어요. 조금씩 천천히 씹어 드세요."

"알았다."

국물에 불리기는 했지만 씹을 만한 것이 못 된다. 아직 젖니라서 나는 더욱 조심해서 씹어야 한다. 깨작깨작 조금씩 씹어서 침과 함께 삼켰다.

저녁 식사 시간을 한 시간이나 준 것은 이유가 있다. 이렇게 먹지 않으면 소화를 시키기 힘들기 때문이다.

식사 시간인 한 시간 내에 다 먹지 못하는 사람들도 있다. 그런 사람들은 잠자리에 들어서도 씹어 먹는다. 그렇지 않으면 내일 일을 못하니 말이다.

나 또한 마찬가지다. 어른들이 먹는 것의 절반이라고는 하지만, 잠자리에 든 후에도 한참을 씹어야 다 먹을 수 있었다.

'쥐를 잡으려면 먹는 시간을 줄여야 한다.'

내력을 돌려 이와 위장으로 보냈다. 아직 젖니이기는 하지만 이러면 좀 더 잘 씹어서 소화를 시킬 수가 있다. 그런데 할아버지도 경험이 있는 모양이다. 다른 분들과는 달리 우리처럼 잘 드시니 말이다.

사람들이 검은 빵을 이렇게 먹게 된 것도 할아버지가 가르쳐 주셨기 때문이다. 최대한 영양분을 흡수하기 위해서는 이 방법이 최고라고 하셨다.

비록 다섯 살이지만 부모님과 할아버지로부터 많은 것을 배웠다. 특히나 살아남는 법은 할아버지로부터 철저히 배웠다. 다른 사람들보다 머리가 좋던 나는 할아버지로부터 배운 것을 하나도 잊지 않고 있다.

'그런 것들은 절대 까먹을 수 없지.'

내가 배웠던 것들은 전부 평범한 것들이 아니다. 부모님 말씀으로는 극한상황에서 생존할 수 있는 방법이라고 하셨다.

아무래도 이분도 우리 할아버지처럼 극한상황에서의 생존법을 익히신 분이 틀림없다. 식사를 하면서도 경계를 게을리하지 않으시는 것을 보면 말이다.

'하긴 동문이라고 하셨으니. 그나저나 전보다 상황이 나빠질 것이다. 금광이 아니라 석탄 광산이라고 했으니. 그래도 살아남아 부모님과 할아버지를 찾아야 한다. 반드시!'

힘을 키운 후 어떻게든지 탈출할 것이다. 그러고 나서 그 수용소로 가 게이트를 넘을 것이다.

나는 이제 열다섯 살이 되었다.

이곳으로 온 지 벌써 10년이 지났다. 부모님과 할아버지를 잃어버린 시간도 그만큼 지났다. 그동안 나에게는 스승님이 생겼다. 할아버지 친구분이 바로 내 스승님이시다.

스승님께 그동안 정말 많은 것을 배웠다. 대부분은 할아버지에게는 배우지 못했던 것들이다. 사실 스승님께 배우는 것들은 희한한 것들이다. 이런 곳에서는 거의 필요가 없는 것들이기도 하다.

그래도 기를 쓰고 배웠다. 반드시 도움이 될 것이라는 스승님의 말씀 때문이기도 하지만, 나도 그렇게 생각하기 때문이다.

광산 작업은 한 달에 두 번 쉰다. 오늘도 쉬는 날 중 하루라 스승님께 새벽부터 많은 것을 배웠다.

아니, 평소보다 많은 것들을 배웠다. 오늘이 스승님으로부터 마지막 가르침을 받는 날이기 때문이다.

"차훈아, 이제 네 배움도 끝난 것 같구나. 내가 아는 것들은 전부 알려줬으니 말이다. 대견하구나."

"아닙니다, 스승님."

"그동안 수많은 인재를 봐왔지만, 너만 한 사람은 보지를 못했다. 네가 특별하기는 하지만 자만하지 말고 더욱 노력해야 할 것이다. 내가 너에게 준 가르침은 기초나 다름없으니 말이다."

"명심하고 있습니다."

새로운 세상에 대해 알게 된 후부터 절대 자만하지 않았다.

상상을 초월하는 괴물들이 득시글거리는 세상이 있으니 자만은 독이 될 뿐이다.

"그럼 아저씨들에게 가보겠습니다."

"그래라. 그런데 어느 정도나 배운 것이냐?"

"강신 아저씨하고 유찬 아저씨에게서 배우는 것은 예전에 다 끝났고, 나머지 분들도 오늘이면 끝날 거라고 하셨습니다."

"벌써 그 정도나 배웠다니, 그동안 고생했구나. 그 사람들 것도 만만치 않았을 텐데 말이다."

"스승님께 배운 것이 있어 그리 어렵지는 않았습니다."

"후후후, 녀석."

말씀을 드린 대로 아저씨들이 가르치시는 것을 배우는 데는 정말 그다지 어려움이 없었다. 그런데 믿기지가 않으신가 보다.

"결계를 거둘 테니, 얼른 다녀오도록 해라."

"예, 스승님. 다녀오겠습니다."

"오냐."

스승님께 인사를 드리자 사람들과 우리 사이에 쳐져 있던 결계를 거두신다. 배우는 동안 우리의 대화를 인지하지 못하도록 하는 간단한 결계다.

강신 아저씨와 유찬 아저씨는 3년 전부터 다른 아저씨들과 함께 바로 옆 막사에서 머무신다.

아저씨들이 머무는 막사로 가기 위해서 밖으로 나갔다.

내가 막사 간에 연락병 비슷한 직책을 맡고 있어 다른 막사로 가는 것은 그리 어렵지 않은 일이다.

옆 막사로 가자 아저씨들이 나를 반긴다.

"왔구나."

"예, 장운 아저씨."

나를 반기신 분은 장운이라는 분이다. 바로 그 옆에 나란히 앉아 있는 분들은 태준 아저씨와 민상 아저씨다.

지금은 막사에 없는 강신 아저씨와 유찬 아저씨를 합쳐 자신들을 오인방이라 부르는 분들이다.

　"오늘은 소장실 청소가 있는 날이니 시간이 얼마 없겠구나."

　"두 시간 정도밖에 없으니까 빨리 알려주세요."

　"그래, 알았다. 여기에 앉아라."

　그동안 아저씨들이 가진 것 대부분을 배웠다. 오늘은 마지막으로 가르쳐 주시는 세 가지 구결만 외우면 된다.

　"전에처럼 하면 된다."

　"예. 아저씨."

　구결에 대해서는 특별한 방법으로 배운다. 스승님처럼 결계를 칠 수 없어 전음으로 나만 들을 수 있게끔 가르쳐 주신다.

　제일 먼저 장운 아저씨가 전음을 보내신다.

　[내 마지막 밑천은…….]

　장운 아저씨의 마지막 가르침이다. 경청을 하며 주의 깊게 내용을 들었다. 한 번 들으면 잊어 먹지를 않으니 집중력만 잃지 않으면 된다.

　"차훈아, 다 외웠니?"

　장장 20여 분이라는 시간을 투자해 구결을 읊으신 아저씨가 내게 묻는다.

　"예."

　"이제 끝이로구나. 수련은 너 혼자서 해도 충분하니까 잊어 먹지 않도록 해라."

"걱정하지 마세요."

"다음은 나구나."

태준 아저씨가 나섰다. 아저씨도 곧바로 전음으로 구결 하나를 알려주신다. 역시나 주의 깊게 들으며 구결을 외웠다.

시간은 장운 아저씨보다 더 걸렸다. 거의 30분이 넘어서야 구결이 끝났기 때문이다.

[내 모든 것을 아우르는 것이니 수련에 특히 신경을 쓰도록 해라. 앞서 배운 것을 얼마나 쓸 수 있느냐는 지금 익히는 것에 달렸으니 말이다.]

마지막 전음에 고개를 끄덕여 대답을 대신했다.

[으음, 이제는 내 차례구나. 이런 날이 오다니… 그동안 고생 많았다.]

자리를 뜨는 태준 아저씨를 대신해 민상 아저씨가 내 앞자리에 앉으며 전음을 보냈다.

[내가 알려주는 것은 네가 수련할 수 있는 시간을 대폭 늘려줄 거다. 그러니 그 무엇보다 먼저 수련을 하도록 해라. 내 마지막 비기는…….]

민상 아저씨의 목소리가 끊임없이 들려온다.

'대단하다. 수련 시간을 늘려줄 것이라고 하시더니, 정말 그런 것 같구나.'

지금까지 배운 것과는 전혀 다른 형태의 비기 같다. 정신 계열의 제어에 대한 것이니 말이다.

민상 아저씨는 상당한 시간을 할애해 구결을 읊어 주셨다. 거의 한 시간이나 걸렸다.

[이제 끝났구나. 그런데 다 외운 것이냐?]

아저씨의 질문에 이번에도 고개를 끄덕여 주었다.

[어르신만 허락한다면 널 제자로 삼고 싶은데, 그럴 수 없으니 안타깝구나.]

민상 아저씨가 아쉬운 듯 전음을 보낸다.

아쉽기도 할 것이다. 스승님 때문에 날 제자로 거두지 못했으니 말이다.

나도 안타깝기는 하지만 어쩔 수 없다. 스승님께서 그것만은 안 된다고 하셨으니 말이다.

오인방 아저씨는 스승님과는 다른 유파다. 오상이라는 문파에 속해 있었는데, 그 때문에 반대를 하신 것이다. 스승님의 말씀으로는 배분으로 따지나 격으로 봐서도 절대 내 스승들이 될 수 없다고 하셨다.

오상(五常)은 법문에 속하는 곳이었는데, 다른 곳과는 달리 특이하게도 무문의 절기도 가지고 있었다.

스승으로 모신 것도 아니고, 문파에 들지도 않았음에도 자신들의 절기를 가르쳐 주신 것이 고맙기는 하지만, 조금은 미안한 일이다.

"이제는 청소하러 가봐야겠어요. 배불뚝이가 지랄하면 곤란하니 말이죠."

늦기라도 한다면 제 욕심만 차리는 소장이 화를 낼 것이다.

"그래, 나가봐라."

"예, 아저씨."

세 분에게 인사를 하고 막사를 나섰다. 밖으로 나오자 강신 아저씨와 유찬 아저씨가 음식을 나르고 계신다.

"이제 끝난 거냐?"

"예, 강신 아저씨."

"소장실 청소하러 가나 보구나."

"오늘 외출하는 날이잖아요."

우리들끼리 있을 때는 배불뚝이라고 부르지만, 경비병들이 있으니 그렇게는 못한다.

"깨끗하게 잘해라."

"염려하지 마세요."

"그래, 수고해라."

막사로 들어가는 아저씨들을 뒤로하고 소장실로 향했다. 경비병이 막사에서 연병장으로 향하는 출입문을 열어줬다.

연병장을 가로질러 가자 다시 출입문이 열렸다. 소장실과 경비병들의 관사가 있는 구역으로 들어가는 출입문이다.

소장실로 가서 문을 열고 들어가자 비서실이 보였다. 역시나 비서실에는 아무도 없었다.

똑! 똑!

소장이 근무하는 사무실로 다가가 문을 두드렸다.

"들어와라."

안으로 들어가자 소장이 외출 준비를 끝내놓고 있었다.

"왔으면 청소부터 시작해라. 침실은 놔두고 사무실만 청소하면 된다. 초를 먹여 반들반들하게 해놓도록 해라."

"예, 소장님."

소장은 고개를 숙이는 나를 한 번 힐끗 보더니 곧장 밖으로 나갔다.

'개새끼, 어제도 누굴 건드린 모양이군.'

침실을 청소하지 말라고 하는 것을 보면 안에 여자가 있을 것이 분명하다. 엊그제 새로운 사람들이 들어왔으니 그중 한 명이 침실에서 겁탈을 당했을 것이다.

'언젠가는 아랫도리를 박살 내야 할 텐데……'

다른 수용소에서는 2년이면 소장이 교체가 된다는데, 이곳 소장 놈은 벌써 10년째다. 뭐가 그리 챙겨 먹을 것이 많은지 뇌물을 쓰며 이곳에 붙어 있는 놈이다.

'하긴 손가락만 까딱하면 여자들이 치마를 풀고, 가끔 나오는 보석도 있으니 이곳에 자리를 깔고 있을 만도 하지.'

가끔 방문하는 감찰관을 제외하고 소장은 이곳에서 절대권력자다. 자신이 원하는 것은 무엇이든지 할 수 있다. 손가락만으로 사람을 죽이고 살리는 것은 물론이고, 뭐든지 원하는 대로할 수 있다.

놈은 이곳에서 여자들뿐만 아니라 많은 것을 챙기고 있다. 특하나 광산에서 간혹 나오는 보석류에 아주 환장을 한다.

'지금까지 상당히 많이 챙겼을 텐데. 오늘은 한 번 찾아봐야겠군.'

놈의 비밀 금고가 집무실 안에 있다. 전에는 시간이 없었지만, 마룻바닥에 초까지 먹이라고 했으니 충분할 것 같다.

다시 밖으로 나가 비서실 구석에 있는 청소함을 뒤졌다. 청소 도구와 초를 챙겨서 집무실 안으로 들어갔다.

일단 빗자루질부터 했다. 쓰레기들을 치우고 난 뒤 바닥에 앉아 초를 먹이기 시작했다.

초를 먹여 걸레질을 하면서 바닥을 두들겨 밑에 뭔가 있는지 살폈다.

퉁! 퉁!

툭툭거리던 다른 곳과는 달리 울리는 소리가 난다.

책상 밑에 있는 바닥이다. 자세히 살펴보니 끊어진 마루 한쪽이 닳아 있는 것이 보인다.

'여기구나.'

바닥에 비밀 금고를 만들어놓다니, 재미있다. 옷에 먼지 같은 것이 묻어 있는 것을 제일 싫어하는 놈인데 말이다.

'어딘가 이걸 여는 장치가 있을 텐데…….'

뭔가가 돌출되어 있다면 금방 눈에 띄기에 바닥에는 금고를 여는 장치가 없을 것이 분명했다. 마루에 등을 대고 책상을 살폈다.

'저거로군.'

책상 다리 한쪽이 닳아 있는 것이 보인다. 미세하기는 하지만 분명히 많이 만져서 닳은 자국이다.

꾹!

자리에서 일어나 닳은 부분을 눌렀다.

그르르륵!

역시 내 생각이 맞았다. 마룻바닥이 아래로 밀려나며 비밀 공간이 보인다.

"금고라……."

다이얼로 여는 금고가 모습을 드러냈다.

"이런 것쯤이야."

드르르르.

좌부터 시작해 번호를 맞춘다. 천천히 돌아가는 소리에 따라 걸쇠가 맞춰지는 것이 느껴진다.

좌로 세 번 돌려서 맞추고, 우로 두 번 돌려서 번호를 맞춘다. 마지막으로 다시 좌로 한 번 돌려서…….

찰칵!

금고가 열렸다.

"으음."

금고 문을 들어서 열어보니 여러 가지가 들어 있다. 한 뭉텅이의 달러와 주머니들이다. 주머니를 들어서 열어보니 다이아몬드가 가득하다.

"십 년 동안 많이도 모아뒀군. 그런데 이건 뭐지?"

옆에 있는 작은 수첩을 꺼내 들춰보았다. 페이지마다 여러 가지 숫자들이 조합되어 있는 것이 보인다.

스승님께 배웠던 것들이 분명하다.

"비밀 계좌들이군."

다이아몬드를 처분해 자금을 숨긴 비밀 계좌들이다.

주머니 안에 있는 것들이 전부라고 생각했는데, 생각보다 많은 양의 다이아몬드들이 발견되는 것 같다.

"이제 닫아……."

금고를 닫으려는데 조금 이상한 것이 느껴졌다. 생각보다 금고 깊이가 깊지가 않다. 이상한 것 같아 안에 들어 있는 것들을 전부 꺼내 마룻바닥에 올려놓았다.

"역시!"

금고 뒷면 아래쪽에 작은 홈이 보인다. 통짜로 만들어진 것이라면 있을 수 없는 홈이다. 손가락을 걸어서 들어 올렸다. 예상대로 금고 벽이 아니었다.

"금고 뒤에 또 금고가 있었군."

열두 개의 단추가 달린 금고가 나타났다. 번호로 작동하는 것 같다.

"어디 보자."

정신을 집중하고 눈에 불을 켰다.

'역시 보이는군.'

지문이 묻어 있는 번호들이 보인다.

0, 2, 4, 7. 번호가 모두 네 개다. 짐작이 가는 것이 있기에 번호를 차례대로 눌렀다.

띠디디디!

번호가 맞지 않는다. 소장 놈의 생일에 맞춰서 번호를 눌렀는데 아니었다.

'그러면…….'

7! 2! 4! 0!

띠리릭!

철컥!

'4월 27일인 생일을 거꾸로 해서 비밀번호를 만들었군.'

지문이 묻어 있는 번호들을 찾아냈을 때 생일을 이용해 번호를 조합했음을 바로 알 수 있었다.

소장 놈은 생일이 되면 마치 임금처럼 특식을 내리곤 했다. 특식이라고 해봐야 검은 빵 한 덩어리를 더 주는 것이지만, 사람들에게는 아주 요긴했다.

손잡이를 잡고 금고 문을 열었다.

'이게 뭐지?'

금고 안에는 녹색이 감도는 광석들이 가득했다. 마치 수정처럼 육각형으로 각이 진 광석들이 빼곡하게 들어차 있다.

'으음, 이건 보석이 아닌 것 같은데?'

녹색이기는 하지만 배운 대로라면 에메랄드라고 불리는 녹주

석이 아니다. 녹색이 감돌 뿐, 불투명한 광석이다.

'투명도가 아주 많이 떨어지는 것을 보면 그다지 값어치가 있어 보이지는 않는 물건이다. 그런데 이렇게 이중으로 된 비밀 금고에 보관을 한다니… 어디……'

뭔가 있을 것 같아서 광석 중 손가락 한 마디 크기만 한 것을 하나 챙겼다.

'이제 닫아놓자.'

이중 금고를 닫은 후에 물건들을 제자리에 넣어놓고는 소리가 나지 않도록 조심스럽게 금고 문을 닫았다.

책상다리 옆에 닳은 자국을 다시 누르자 작은 소리와 함께 마룻바닥이 다시 올라왔다.

걸레를 찢어 녹색 광석을 말아 주머니에 넣었다. 흔적이 남을 것 같아 초를 마룻바닥에 다시 먹이며 아주 반들반들하게 되도록 걸레질을 했다.

청소를 끝내고 집무실을 나왔다. 청소 도구함에 빗자루를 챙겨 넣었다.

끼익!

"어마!!"

누군가 침실로 가는 문을 열고 나오다가 나를 보더니 흠칫 놀란다.

'개새끼!'

이제 겨우 내 또래나 됐을 여자아이가 가슴에 뭔가를 품고 있다. 아마도 먹을 것이나 약일 것이다.

"놀라지 않아도 돼. 난 아무것도 보지 못했으니까."

"고, 고마워."

"얼른 나가봐. 경비병이 기다리고 있을 거야."

"그, 그래."

여자아이가 주춤거리며 문 쪽으로 다가간다. 어기적거리는 모습을 보니 밤새 소장 새끼에게 호되게 당한 모양이다.

'언젠가 반드시 잘라주마.'

하도 많이 보았던 장면이라 그리 놀랍지는 않다. 원래 그런 놈이니까 말이다.

수용소에서 생활하는 동안 계속해서 사람들이 보충이 됐다. 소장 놈은 새로운 사람들이 보충되면 얼굴이 예쁘거나 어린 여자는 반드시 건드렸다.

반항을 하면 경비병들을 시켜 몽둥이질을 했다. 악착같이 반항하면 본보기로 패 죽이기도 했다.

그리고 자신의 욕구를 기분에 맞춰 잘 들어주면 수용소에서 천금이나 다름없는 약이나 먹을 것을 주어 여자들을 농락했다.

그렇게 자신의 위치를 아주 잘 이용해 사욕을 채우는 놈이다. 놈에게 언젠가는 반드시 대가를 치르게 해줄 생각이다.

'나가보자.'

청소를 마쳤으니 이제 식당으로 갈 차례다. 소장 놈과 경비병들이 식사를 하는 식당이다.

스승님께서 가르쳐 주신 것 중 하나가 요리다. 4년 전부터 식당에서 허드렛일을 돕다가 작년부터는 나도 가끔씩 요리를 한다. 소장 놈과 경비병들이 먹을 요리였다.

밖으로 나오자 경비병 하나가 기다리고 있다.

관사와 식당이 수용소 외곽에 위치하다 보니 탈출을 염려해 기다리고 있는 것이다.

식당 뒷문으로 가서 주방에 들어가 요리를 시작했다. 요리를 책임지고 있는 분은 서울 무슨 호텔인가에서 총주방장을 했다는 아저씨다.

일단 옆에서 재료들을 손질했다. 수용소 사람들에게 배급되는 급식과 다르게 아주 싱싱한 놈들이다.

재료를 다듬고 주방장 아저씨에게 건넸다.

치이익!

요리가 시작된 후에 나도 밖에서 준비를 했다. 만들 것이 있어서다. 바로 수용소 사람들에게 배급될 점심이다.

처음에는 일을 하지 않으면 배식이 되지 않는 것이 원칙이었지만, 지금은 많이 좋아졌다. 채광의 성과가 좋으면 이렇게 휴일에도 급식을 해주었다.

"전 급식 준비를 할게요."

"그래라."

요리하는 주방장 아저씨에게 말을 한 후 밖으로 나갔다.

구내식당 옆에 수용자들의 급식을 만드는 주방이 따로 있다.

창고 같은 커다란 주방으로 들어가니 사람 키만 한 커다란 솥 밑에서 불이 피어오르고 있다.

잡일을 하는 아저씨들이 이미 물을 끓이고 있었다.

"차훈이 왔니?"

"준비가 벌써 끝난 모양이네요."

"그래. 이제 네가 만들기만 하면 된다."

오늘 만드는 것은 빵이다. 들어가는 재료가 뭔지 안다면 절대 먹지 않을 그런 것이다.

이미 몇 번 끓여 진국을 다 빼낸 돼지나 소의 뼈를 잘게 부숴서 만든 골분이 끓는 물에 먼저 들어간다. 골분이 풀어지면 다음에는 옥수수 가루가 풀린 물이 들어간다.

어느 정도 익을 무렵이면 빵을 만드는 주재료가 들어간다. 주재료는 일주일에 한 번 차량을 통해 들어오는 커다란 포대에 들어 있다. 검은색 가루인데, 도대체 성분이 무엇인지 알 수 없는 재료다.

검은색 가루를 집어넣으면 무척이나 빽빽해진다. 이때부터 힘든 작업이 시작된다. 불을 줄이고 한 시간 동안 쇠로 된 삽 같은 주걱으로 내내 저어줘야 한다. 나는 배합만 하면 되지만, 아저씨들에게는 무척이나 힘든 중노동이다.

더 이상 젓기 힘들 정도로 저은 다음, 삽 같은 주걱으로 퍼서 좌우로 각각 열 개의 칸으로 나누어진 틀에 담는다.

10분이 채 지나지 않아 빽빽한 죽은 아주 딱딱해진다. 바로 수용소 사람들이 먹는 빵이 되는 것이다.

'저 검은 가루가 뭔지 알아야 하는데 말이야.'

아주 적은 양을 넣는데도 큰 솥 하나를 감당할 정도로 부풀어 오른다. 상당한 양의 물이 들어가는데도 빠르게 굳어서 돌처럼 딱딱해진다.

무슨 성분인지 알아보려 노력을 해봤지만, 아무것도 알 수 없었다. 수용소에는 누구도 검은 가루에 대해 아는 사람이 없었다. 사람들에게 해가 되지 않기만 바랄 뿐이다.

아저씨들이 수십 개의 틀에서 빵을 꺼내 막사별 양동이에 담는다. 점심 준비가 끝났으니 주방으로 가서 마무리를 도와주고 막사로 돌아가야 한다.

주방으로 가보니 나를 기다린 듯하다.

"무슨 일 있어요?"

"그래. 내일은 조금 일찍 나오도록 해라."

"누가 오나요?"

"감찰을 나온다고 하니 요리할 것이 많을 것 같다."

"벌써 그렇게 됐군요. 일찍 오도록 하겠습니다."

1년에 한 번씩 실시되는 감찰이 나오면 주방이 바빠진다. 소장이 감찰을 나온 자들에 대해 무척이나 신경을 쓰기 때문이다.

특하나 음식 대접에 많은 정성을 기울인다. 좋은 접대가 되는 모양이다.

특급 호텔 주방장이 만든 요리를 아무 때나 먹을 수 있는 것이 아니니 말이다.

주방장의 말을 듣고 주방을 나서 막사로 돌아갔다. 쉬는 날이지만 모두 막사 안에 있어서 답답할 텐데도 밖으로 나오는 사람은 거의 없다. 괜히 잘못 보이기라도 하면 경비병들에게 치도곤을 당하니 말이다.

얼마 지나지 않아 급식조가 나가 빵을 받아 왔다.

점심 식사 시간이 끝난 후, 얼마 있지 않아 스승님께서 조용히 나를 부르신다.

"오늘 일은 다 끝난 것이냐? 전수 받는 것도?"

"예, 스승님."

"고생했다. 그들이 비록 힘을 잃었다고는 하지만 이전에는 다들 한가락 하던 이들이니, 그들에게 전수 받은 것을 전부 네 것으로 만들도록 해라."

"알고 있습니다. 그런데 언제 탈출하는 겁니까?"

"아직은 아니다. 때가 되지 않았다. 하지만 그리 머지않았으니 네가 가진 것들을 이해하는 데 전력을 기울여야 할 것이다."

"예, 스승님."

누구보다 돌아가는 사정에 대해 잘 아시는 분이시다. 때가 되면 알려주실 테니 내가 할 것만 하면 된다.

스승님 옆에 앉아 오전에 외웠던 구결들을 떠올리며 해석을 해 나갔다.

사정이 여의치 않아 직접적인 수련은 하지 못하지만, 운용하는 방법은 이렇게라도 모두 깨우쳐야 한다.

이곳을 벗어나는 순간, 최대한 빨리 사용할 수 있어야 하니 말이다.

아저씨들의 가르침을 되새기다 문득 주변을 보니 어둑어둑하다. 산속이라 밤이 빨리 찾아오는 탓이다.

'벌써 시간이 이렇게 됐나? 이제부터 하는 수련이 진짜지.'

정신을 집중해 생명체를 가려내는 연습을 할 시간이다. 탈출을 위해서도 중요한 일이다.

제7장

의식을 분리해 사방으로 퍼트렸다.

'여전히 시끄럽군.'

수용소가 조용하기는 하지만 떠들지 않는 것은 아니다. 들리지 않을 정도로 조용히 이야기할 뿐이다.

예민해진 의식에 걸려드는 소리들을 분리해 낸다.

내가 필요한 소리를 듣기 위해서다. 하나둘 걸러내다 보니 수용소 밖을 벗어났다.

이제부터 1킬로미터 정도까지는 적막하다. 탈출자를 쉽게 발견하기 위해서 나무를 전부 베어낸 탓에 아무것도 없다.

벌판을 지나면 관목으로 이루어진 작은 숲이 나타난다. 200미터 정도 되는 구간이다.

이곳에는 작은 동물들이 살고 있다. 스승님께 교육을 받은 대로 동물들의 기운을 하나하나 느끼며 어떤 놈들인지 확인을 해 본다.

아주 미세한 걸음으로 움직이는 놈이 포착된다.

'족제비로군. 사냥을 하러 나온 모양이다.'

다시 소리를 걸러내고 의식을 확장한다. 관목 숲을 지나면 아름드리나무들이 가득한 진짜 숲이 시작된다.

'여기서부터 위험한 지역이지. 악마들이 살고 있으니 말이야.'

숲에 있는 것들이 뭔지는 모른다. 다만 아주 흉포한 기운을 간직하고 있는 놈들이라는 것만은 분명하다.

눈에 걸리는 생명체는 가차 없이 찢어발겨 잡아먹는다. 언젠가 스승님께서 곰이라고 알려주신 놈을 느낀 적이 있는데, 1분도 되지 않아 찢어 죽여 잡아먹을 정도다.

'괴물이라 불려도 시원치 않지만, 놈들이 문제가 아니다.'

진짜 문제는 이런 놈들을 사냥하는 자들이 있다는 것이다. 소리 없이 움직이며 단번에 괴물들을 두 조각 내버리는 자들이 말이다.

스승님은 그들을 능력자라고 했다.

스팟을 이용해 대한민국의 군인들을 모두 이계로 보내 버리고, 단번에 멸망시킬 때 이면에서 작전을 주도한 것이 바로 그들이었다.

'으음, 오늘은 열 명뿐이군.'

맴을 도는 것처럼 수용소 주변을 돌며 괴물들을 죽인다. 오늘은 전보다 많은 개체가 놈들의 손에 죽었다.

'아무래도 내일 올 자 때문인가 보군.'

보통은 다섯 명 정도인데 두 배나 동원을 한 것을 보면, 내일 올 감찰반 때문인 것 같다.

'괴물들이 나타나지 않는 낮부터 움직인 것이 분명하다. 이렇게 하는 것을 보면 오는 자가 보통이 아닌 모양이군.'

쓸데없는 짓을 하는 것을 보면 이번에는 꽤나 고위급이 오는 모양이다.

'대단한 기운이다. 스승님 말씀대로 내가 상대하기에는 아직 무리다.'

꽤나 많은 수련을 했지만, 나로서는 하나도 감당하기 힘든 상대들이다. 감추고 있는 내력도 저들에 비해서는 많이 달리고 말이다.

천천히 기감을 줄이며 주변을 확인한다.

탈출하기 위한 루트를 확인하는 작업이다. 수용소를 감싸는 주변 전체를 하나하나 느끼는 작업이다. 상당히 성공적이다.

'지형지물이 변한 것은 없구나. 이제 그만 끝내자.'

의식을 천천히 거두어들였다.

'벌써 시간이 이렇게 지났나?'

시작한 지 얼마 지나지 않은 것 같은데, 다시 배식이 시작되고 있었다.

"어서 먹도록 해라."

"예."

눈을 뜬 후, 스승님과 함께 빵과 국물로 식사를 했다. 먹을 것이 못 되지만 살기 위해 어쩔 수 없이 먹어야 한다. 국물을 흡수한 빵을 되도록 천천히 씹었다.

식사가 끝난 후에 자리에 누웠다.

다른 사람들도 마찬가지로 침상에 누워 피곤했던 하루를 마감하고 있었다.

"후우……."

잠자리에 든 후, 할아버지가 알려주신 호흡을 계속했다.

천호라 불리는 심법이다. 심법이 운용되고 내력이 물결처럼 혈맥을 따라 돈다.

'너무 빠르구나.'

나도 모르게 전보다 더 맹렬히 돌리고 있다. 아마도 부모님과 할아버지가 사라지신 날이라서 그런가 보다.

벌써 열흘째 식당에서 일을 하고 있는 중이다. 감찰반 놈들이 돌아갈 생각을 하지 않아서다.

여느 날과 다름없이 작업이 늦게 끝났다.

'뭘 그리 처먹는지…….'

식사가 끝난 후에도 술에, 요리에 정신이 없었다.

때문에 일이 늦게까지 끝나지 않아 오늘도 막사로 돌아오는 시간이 늦었다.

경비병이 출입문을 열어줘서 수용 구역으로 들어간 후 막사로 갔다.

'뭐지?'

막사 안이 시끄럽다. 소리가 흘러나오지는 않지만, 웅성거림이 끊이지 않는다. 문을 열자 웅성거림의 정체를 알 수 있었다.

"무슨 일이에요?"

"장씨가 죽었다."

"장석 아저씨가요?"

"그래."

'이상한 일이다. 어제 그렇게 좋아했는데……'

광산 안에서 녹색이 감도는 특이한 모양의 광석을 발견해 하루 쉬게 되었다고 좋아했던 장석 아저씨다. 소장이 그것을 가지고 갔는데, 가져가는 대신 오늘 하루 먹을 것과 휴식을 줬다고 말이다.

'으음, 누군가에게 맞아 죽었다.'

다닥다닥 붙인 침상 위에 죽어 있는 장석 아저씨가 있다.

부릅뜬 두 눈을 보니 보통 죽음은 아니다. 아저씨를 조심스럽게 살폈다. 겉모습은 멀쩡해 보이지만 입가에 피를 흘린 것을 보면 내부가 박살 나 단번에 죽은 것이 틀림없다.

'능력자가 손을 쓴 것이 틀림없다. 다른 이유가 없는데……'

장석 아저씨는 누구에게 원한을 질 만한 사람이 아니다. 특히나 능력자라면 더욱 그렇다.

'역시나 그 광석 때문인가?'

금고 속에 있는 광석이 떠올랐다. 소장이 돈이 될 만해서 모으고 있는 것이라고만 생각을 했는데, 장석 아저씨의 죽음을 보면 아무래도 아닌 것 같다.

'광석을 발견했다는 것만으로 아저씨를 죽일 정도라면 특별한 비밀이 있는 것이 분명하다. 그렇지만 광석에는 아무런 기운도 없었는데……'

내 품속에는 소장 놈의 금고에서 훔쳐 낸 녹색 광석이 있다. 몇 번을 살펴봤지만 진짜 색만 조금 특이할 뿐, 아무런 특이점도 없는 광석이다.

'이유는 모르겠지만, 장석 아저씨가 죽음을 당할 이유는 이것밖에는 없다. 일단 스승님께 말씀을 드려야겠구나.'

언젠가 지나가듯 소장 놈이 특별한 목적을 가지고 이곳에 눌러앉은 것 같다는 말씀을 하신 적이 있다. 아무래도 녹색 광석 때문인 것이 분명하니 틈을 내서 의논을 드려야 할 것 같다.

"무엇을 그리 생각하느냐. 어서 경비병을 불러라."

"예, 스승님."

스승님의 말씀에 밖으로 나가 경비병을 불렀다.

"아저씨!"

"무슨 일이냐?"

"빨리 와보세요. 사람이 죽었어요."

"알았다."

내 말에 출입구 바깥에 있는 경비병이 문을 열고 안으로 들어왔다.

'역시 알고 있었군.'

약간은 놀라야 정상인데 아무렇지 않은 표정인 것을 보면 장씨 아저씨가 죽었다는 것을 이미 알고 있는 것 같았다.

막사로 들어간 경비병은 곧장 침상으로 갔다.

"비켜라!"

사람들이 비켜서자 경비병은 장씨 아저씨를 살폈다.

"쯔쯧, 정말 죽었군. 골골하더니… 귀찮게 됐군."

쓸데없는 말을 던진 경비병은 장석 아저씨를 곧바로 들쳐 업더니 밖으로 나갔다.

'씹어 먹을 새끼들!'

사람들이 막사를 빠져나간 사이, 누군가 들어와 장석 아저씨를 해쳤을 것이다. 철조망으로 출입이 통제된 곳을 누가 드나드는데 경비병이 모를 수가 없었다. 알고 있으면서도 저러는 것을 보니 울화가 치밀었다.

화가 나 호흡이 거칠어졌기 때문인지 스승님께서 조용히 손을 잡으신다.

'아직은 때가 아니다.'

막사 문이 닫히고 나자 다들 피곤한 몸을 침상에 뉘었다. 사람이 죽어 나가는 것이 아주 흔한 일이라서 감정마저 죽어버린 것 같다. 어제만 하더라도 다른 사람들을 도우려 애쓰던 장석 아저씨였는데 말이다.

그래도 장씨 아저씨가 죽어 나간 곳은 비어 있다. 하루만 지나면 누군가가 자겠지만, 나름대로의 추모 방식이다.

얼마 지나지 않아 급식이 주어졌다. 다들 힘겨운 모습으로 끼니를 때운 후에 곧바로 잠이 들었다.

"스승님."

사람들이 모두 잠이 든 것을 확인한 후, 스승님을 불렀다.

"무슨 일이냐?"

"장석 아저씨는 소장이 죽인 것이 틀림없는 것 같습니다."

"조금만 기다려라."

스승님께서 주변에 결계를 치셨다. 곧 나와 스승님만의 공간이 만들어졌다.

"장석이를 소장이 죽이다니, 그게 무슨 소리냐?"

"그러니까……."

나는 소장의 집무실에서 발견한 비밀 금고에서 녹색 광석을 발견한 일과 장씨 아저씨가 광산에서 겪은 일을 말씀드렸다.

"으음, 그랬구나. 네 말대로 소장이 손을 쓴 것 같구나. 그래, 녹색 광석이 어떤 것이냐?"

"여기요."

주머니에 숨겨둔 것을 꺼내 스승님께 보여 드렸다.

"으음."

손으로 만지면서 한참을 들여다보시더니 다시 나에게 주셨다.

"이건 네가 간직하고 있어라. 위험할지도 모르니 누구에게도 그것을 보여주지 말거라. 그리고 장석이가 그것을 발견했다는 이야기도 하지 마라. 너를 가르치는 이들에게도 말이다. 알아들 었느냐?"

"알겠습니다."

스승님이 심각한 어조로 말씀하셨기에 따르기로 했다.

'녹색 광석에 대해 스승님께서도 아는 모양이구나. 상당히 심각한 눈빛을 하고 계셨는데…….'

녹색 광석을 살피실 때 눈빛이 많이 흔들리셨다.

스승님의 말씀을 따르기로는 했지만, 녹색 광석에 대해 궁금 해졌다.

당신이 아시는 것은 하나도 빼놓지 않고 가르쳐 주셨는데, 녹 색 광석에 대해서는 한 번도 이야기를 해주신 적이 없어서다.

'이유가 있으실 것이다. 때가 되면 알려주시겠지.'

사람을 해칠 정도로 중요한 것은 분명했다. 생각이 깊으신 분 이기에 궁금증을 접었다. 굳이 묻지 않아도 때가 되면 알려주실 테니 말이다.

"어서 자라. 내일도 일이 많을 것이다."

"예, 스승님."

나도 계속된 접대로 약간은 피곤했기에 바로 잠자리에 들었다.

차훈이 잠이 들고 얼마 지나지 않아 정진호가 자리에서 일어났다.

피피피픽!

정진호는 조심스럽게 차훈의 몸 몇 군데에 손을 짚었다. 수혈을 짚은 것이다.

'그놈이 지금 무슨 짓을 하고 있는지 반드시 알아야 한다. 내 짐작이 사실이라면 큰일이니 어서 가보자.'

정진호의 눈이 파르스름하게 빛났다.

침상에서 일어나 밖으로 향했다. 소리를 내지 않고 문을 열어 밖으로 나온 정진호는 다시 문을 닫았다.

팟!

정진호의 신형이 흐릿해지며 문 앞에서 사라졌다.

그는 경비병들의 눈을 피해 철조망을 넘었다. 높이가 3미터에 달하는 철조망을 나는 새처럼 넘은 그는 어둠 속에 신형을 감춘 채 소장실이 있는 곳을 향했다.

소장실 근처에 다다른 그의 신형이 다시 한 번 날아 철조망을 넘었다.

슈슈슉!

정진호의 손에서 뭔가가 날아가 경비를 서고 있는 자들의 품을 파고들었다.

투투투!

무너지듯 경비병들이 쓰러졌다.

끈이 떨어진 목각 인형처럼 그 자리에 쓰러지는 경비병들을 뒤로하고 정진호는 소장실로 들어갔다.

비서실을 지나서 소장의 침실로 향하던 정진호가 흠칫하며 멈춰 섰다.

'으음, 기다리고 있었군.'

소장실에서 기척이 느껴졌다.

모두가 깊이 잠이 든 시간에 일어나는 기척이라면 자신을 기다리고 있음이 분명했다.

정진호는 천천히 집무실 문을 열고 안으로 들어갔다. 자신의 책상에 앉아 있는 소장이 보였다.

"그렇게 서 있지 말고 앉으십시오, 사형."

"그러지."

책상을 마주하고 의자가 하나 놓여 있었기에 자리에 가서 앉았다.

"날 속였더군."

"속이다니, 무슨 말씀입니까?"

"녹령을 모으고 있다는 것을 알고 있다."

"으음, 그놈이 사형께 말을 했던 모양이군요. 광산에서 처리를 해야 했는데, 모두 제 불찰입니다."

수용소 소장, 김형식은 아무것도 아니라는 듯 웃으며 녹령을 발견한 장석을 광산에서 죽이지 못했음을 자책했다.

"사람 목숨을 그리 쉽게 생각하다니, 역시나 네놈은 변한 것이 전혀 없구나."

"후후후, 이제는 세상이 변했습니다. 살아남으려면 저도 어쩔 수가 없는 상황입니다, 사형."

"벌써 십오 년이다. 네놈의 욕심은 어디까지냐?"

"너무 뭐라고 하지 마십시오. 이제 슬슬 끝나가니 말입니다."

"끝날 때라고 했느냐?"

팟!

의자에 앉아 있던 정진호가 갑작스럽게 출수했다. 섬광과 같이 뻗어 나간 손이 김형식의 울대를 노렸다.

팅!

미처 피하지 못하는 것처럼 보였지만, 정진호의 손은 김형식의 울대를 뚫지 못하고 허무하게 튕겨 나왔다.

파팟!

배불뚝이 같은 모습과는 달리 김형식의 행동은 무척이나 빨랐다. 그대로 몸을 떠올려 책상 위를 넘더니 뒤로 밀려 나간 정진호를 공격했다.

퍼퍽!

불룩한 배와는 달리 날렵한 그의 두 다리가 교차하며 정진호의 가슴을 쳤다.

"크윽!"

신음을 흘리며 주저앉은 정진호를 보며 김형식은 자신의 자리로 가서 앉았다.

"네, 네놈이!"

"후후후, 내상을 입은 몸으로 무리를 하면 안 되지요. 지금까지 사형이 무서워서 그냥 둔 것이 아닙니다. 그냥 이대로 계시다가 조용히 가시라고 기회를 드렸는데, 정말 실망입니다. 제호의를 무시하시다니 말입니다."

김형식은 눈을 부릅뜬 정진호를 향해 비아냥거리는 투로 말했다.

"후우, 기어이 놈들과 손을 잡았구나."

"후후후, 여전하시군요. 바로 알아내시다니 말입니다. 맞습니다. 방금 전에 사형을 공격한 무공이 바로 합마공입니다."

"합마공이라니, 네놈이 진정 사문을 배신했구나."

"배신이요? 후후후, 사문이 날 위해 해준 것이 뭡니까? 그리고 저는 한 번도 사문이라고 여긴 적이 없다는 것을 알아주시기 바랍니다."

"으음……."

"후후후, 저를 거두어주셨으니 오늘은 그냥 보내 드리도록 하지요. 하지만 이번 한 번뿐입니다. 조용히 계시다가 선사들이

나 뵈러 가세요, 사형."

"크흐흑, 나는 비록 이렇게 네놈에게 당했다만, 먼저 가신 선영들께서 네놈을 가만 두지 않을 것이다."

"마음대로 해보세요. 죽은 귀신들이 어떻게 할 수 있나 말입니다. 하하하하!"

정진호는 웃음소리에 기분이 나빴지만 어떻게 할 수가 없어 분을 삼켜야 했다.

'천박한 놈. 네놈의 그 쓸데없는 자신감이 비수가 되어 돌아올 것이다.'

정진호는 웃고 있는 김형식의 모습을 노려보다 곧바로 집무실을 나섰다. 김형식은 자신의 말대로 밖으로 나서는 그를 잡지 않았다.

내상이 도진 상태지만 모습을 감춘 후 경비병들의 시선을 피해 곧바로 철조망들을 넘은 정진호가 막사로 돌아왔다.

막에 들어와 벽에 등을 기대고 자리에 앉은 정진호는 호흡을 가다듬었다.

'크으윽, 내상이 다시 도지기 시작했다. 이제는 시간이 얼마 없다.'

간신히 회복한 내력이 뒤엉켜 버리고 내상이 더욱 깊어졌다. 며칠을 넘기기 힘들 것 같았다.

'동귀어진이 무서워 가만히 있었지만, 그놈의 성격이라면 다른 방법으로 손을 쓸 거다.'

사제였던 김형식은 누구보다 잔인한 성정에 심계까지 깊었다. 최후의 한 수가 있다는 것을 알기에 그냥 놔둔 것이지, 결코 봐준 것이 아니었다.

'어차피 며칠 내로 하려고 했던 것이니, 오늘 끝내 버리자. 오늘이 아니면 기회가 없을 수도 있다.'

친우의 손자이자 제자인 차훈에게 남겨줄 것이 많았다. 때가 되지 않아 감추어놓은 것들이다.

이제 목숨이 얼마 남지 않았으니 그동안 준비해 왔던 대법을 시행할 순간이었다.

'후후후, 기고만장해라. 내가 녹령을 가지고 있다는 것을 모르는 것이 네놈의 패착이 될 것이다.'

세상에 없던 특이한 기운들이 뭉쳐져서 만들어진 것이 녹령이다. 어느 날 갑자기 생겨난 것처럼 나타난 녹령은 자신도 비밀리에 모으고 있었다.

내력이 없어도 녹령만 있으면 차훈을 변화시킬 대법을 시전할 수가 있다.

모든 것을 전할 수 있으니 사문의 맥이 끊어지지 않고 전해지는 것이다.

'눈앞에 두고도 이 아이를 알아차리지 못한 이상, 네놈의 헛된 꿈은 반드시 무너질 것이다.'

차훈에 대해서는 지금까지 철저히 숨겼다.

자신의 제자라는 것이 알려지면 가만두지 않을 자이기 때문이다.

막사에 들어올 때 이외에는 작업을 하러 가며 마주치는 것도 자제할 만큼 남처럼 행동을 해왔다.

막사에서 생활하는 차훈 또래의 아이들을 모두 열두 명이니 제자를 찾아내는 것은 쉬운 일이 아니다.

무엇보다 차훈이 가진 내력 자체가 은잠의 특성을 가지고 있어 지금까지 들키지 않을 수 있었다.

덕분에 마주하는 일이 많은 데도 불구하고 김형식은 차훈의 내력을 알아차리지 못했다.

'사문의 대법을 사용할 수는 없다. 검증은 되지 않았지만, 그것이라면 놈의 눈을 속일 수 있을 것이다.'

사문에서 전해지는 대법을 시전하게 되면 특성상 김형식에게 들킬 확률이 높기에 정진호는 다른 대법을 시전하기로 했다.

한국전쟁 당시 중국군의 동태를 살피다가 만주 오지에서 얻게 된 대법이라면 충분히 차훈을 감출 수 있기 때문이었다.

'차훈아, 미안하지만 이제부터 네 기억과 능력들을 봉인해야겠구나. 놈이 알게 되면 절대 살아남을 수 없을 테니 말이다. 때가 되면 알아서 깨어날 테니, 너무 걱정하지 마라. 무사히 이곳을 빠져나가기만 한다면 너는 새로운 세상을 볼 수 있을 것이다.'

내상이 도진 상태다. 시간이 지날수록 어려워질 수 있는 상황이라 힘이 조금이라도 남아 있을 때 차훈에게 자신이 가진 것을 전해야 한다.

결심을 굳힌 정진호는 빠르게 차훈의 옷을 벗겼다. 잘 먹지 못해서 말랐지만, 아주 탄탄한 몸매다.

우드득!

정진호는 손가락을 물어뜯었다. 이상하게도 뚝뚝 떨어져야 할 피가 손가락 끝에 맺히기만 했다.

정진호는 인상도 찌푸리지 않고 맺혀 있는 자신의 피로 차훈의 몸에 뭔가를 그리기 시작했다.

복잡해 보이는 도형과 알 수 없는 문자들이 차훈의 몸에 들어차기 시작했다.

놀랍게도 문자나 그림들은 손가락으로 그렸다고는 믿을 수 없도록 아주 작았다. 마치 깨알처럼 몸 위에 그려지고 있었다.

더욱 놀라운 것은 물감의 재료가 피인 그려지는 색들은 모두 녹색이라는 점이었다. 어느새 녹색의 그림과 글자들이 차훈의 전신을 뒤덮었다.

'이제 1차 마무리만 하면 된다.'

한참을 그린 정진호는 차훈의 몸을 살핀 후, 이마에 뭔가를 다시 그리기 시작했다.

이번에는 붉은색의 그림이 그려졌다.

'후우, 이제 됐다.'

그림을 그리는 것이 모두 끝나자 정진호가 입으로 무엇인가를 중얼거렸다.

번쩍!

놀라운 괴사가 아닐 수 없었다.

어느 순간부터 녹색의 광망이 정진호의 눈동자에서 쏟아져 차훈의 이마로 스며들었다.

"헉! 헉!"

한참을 쏟아지던 광망이 멈추고 정진호는 창백한 안색으로 숨을 헐떡였다.

거친 숨을 토하면서 정진호는 차훈을 바라보았다. 온몸에 그려놓았던 그림과 글자들이 사라지고 없었다.

'후우, 성공했구나.'

그동안 준비를 해왔던 것이 마침내 성공했다.

'크으, 이제 길어야 사흘 정도다.'

정진호는 대법이 끝난 후 거칠어지는 호흡을 통해 자신의 생명이 얼마 남지 않았음을 느낄 수 있었다.

내상으로 인해 온몸에 흩어져 있던 내력까지 강제로 뽑아 대부분 전이시켰다.

그나마 지금까지 막대한 내력이 내상을 진정시켜 주고 있었는데, 이제 급속도로 번지고 있다.

'내가 이런 상태라는 것을 그놈이 절대 알아차려서는 안 된다. 껄끄러운 것은 두고 보지 못하는 성격이니 놈이 손을 쓸 때까지만 버텨야 한다.'

정진호는 며칠간만 버틸 수 있도록 잠력을 격발시켰다. 최소한 5일이면 김형식이 움직일 것이기 때문이다.

타타타탁!

정진호는 심장 주변에 있는 혈들을 짚었다. 바늘로 찌르는 것 같은 통증이 느껴졌으나 개의치 않았다.

'후우, 살 것 같구나. 이제 좀 쉬자.'

잠력을 격발시킨 정진호는 쓰러지듯 차훈의 옆에 누웠다.

1996. 4. 15. (월) 07:00.
개마고원 내 수용소.

애써 좋게 보이려 노력하시지만 내 눈을 속일 수는 없으셨다. 어제는 그래도 괜찮았는데, 오늘은 스승님의 안색이 좋지 못하시다.

'걱정이구나.'

자신이 살날이 얼마 남지 않았다고 누누이 말씀하셨는데, 걱정이다.

"뭘 그리 걱정하느냐. 감기가 걸려서 그런 것이라니까."

"그래도……."

"걱정하지 마라."

"그래도 쉬면서 일하세요."

"알았다, 알았어. 어서 나가자."

아프신 것 같아 걱정이지만 그렇다고 해서 일을 쉽게 해주지는 않는다. 스승님은 막사를 나선 후 사람들과 함께 광산으로 향했다.

'휴우, 쉬면서 하시겠지.'

아침 식사를 준비해야 하기에 서둘러 식당으로 향했다. 오늘 아침은 주방장의 지시로 내가 해야 한다.

어제 술을 많이 먹어서 오늘 준비하는 아침은 간단한 해장국이었다.

주방으로 가서 아저씨가 준비한 재료로 해장국을 끓이고, 식당으로 내갔다. 식탁을 차리자 호위총국에서 온 대좌와 소장이 나와 자리에 앉았다.

식사가 시작된 후, 옆에 서서 조용히 수발을 들었다.

어제저녁에 술을 많이 먹은 모양이다. 입맛이 없는지 몇 수저 뜨더니 둘 다 식사를 마친다.

'젠장, 침 넘어가네. 안 먹을 거면 나나 주지.'

남겨도 손을 댈 수 없는 것이 수용소의 불문율이다.

수용된 사람들은 오직 배급으로 주는 것만 먹을 수 있다. 다른 것을 먹다가 들키면 거의 반 죽을 정도로 몽둥이질을 당한다.

주방장을 제외하고 주방에서 일하는 사람도 마찬가지다.

주방장은 요리의 맛을 봐야 해서 제외되었지만, 다른 사람들은 급식 이외에는 절대 다른 것을 먹을 수 없다.

혹시나 몰래 먹는 모습을 들키지 않는다고 그들이 모를 것이라고 생각했다가는 오산이다. 경비병들이 귀신 같이 알아차란다.

아마도 정체 모를 재료로 만드는 검은색의 빵과 연관이 있을 것이다. 그것 때문에 다른 것을 먹으면 신체의 변화가 생겨 경비병들이 알아차리는 것으로 보였다. 스승님께서는 우리를 실험 재료로 쓰고 있을지도 모른다고 하셨으니 말이다.

'그래도 난 먹을 수 있는데, 쩝!'

그렇지만 난 예외다. 다른 것을 먹어도 절대 들키지 않는다. 다음 주방을 맡을 사람으로 지정이 돼서이기도 하지만, 내 몸에 돌고 있는 특이한 내력 때문이다.

'자, 처먹었으면 냉큼 일어나 가라.'

입맛이 없으면 일어나든지 해야지, 두 놈 다 자리에서 일어나지 않는다. 어제 밤새 술을 같이 마신 모양인데 무슨 할 말이 있다고 저러는지 모르겠다.

"감찰관님, 입맛이 없으신 모양입니다."

"해장국은 좋은데, 입이 좀 텁텁해서 그렇소."

"반주를 좀 드시면 좋아질 겁니다."

"아니, 그만 먹도록 하겠소. 그보다는 아까 소장 동지의 말이 사실이오?"

휴지로 입을 닦으며 살벌한 눈초리로 대좌 새끼가 묻는다. 소장 새끼에게 뭘 들어서 저러는지 모르겠다.

"그렇습니다. 아직도 위대한 최고 지도자 동지를 비방하는 놈들이 있더이다."

"미친놈들이군. 최고 지도자 동지의 은혜를 받아 벌레보다 못한 목숨을 지금까지 이어온 줄도 모르고 말이야."

"아직도 교화가 덜된 모양입니다. 모두가 부덕한 제 소치입니다. 해서 이 기회에 한 번 대좌 동지께서 가르침을 내리시는 것이 어떻습니까?"

"내가 말이오?"

"그렇습니다. 대좌 동지께서 나서주신다면 버러지만도 못한 것들이 마음을 다잡고 충성스러운 마음을 가질 것입니다."

"으음, 소장 동지가 그렇게 말을 한다면 좋소."

잠시 고민하던 대좌가 고개를 끄덕인다.

"그럼 한 번 자리를 마련해 보겠습니다. 아주 재미있으실 겁니다."

"그렇게 하시오. 사흘 후에는 이곳을 떠나야 하니, 본보기를 한 번 보여주고 가도록 하겠소."

"알겠습니다. 그렇게 해주시면 앞으로 수용소를 관리하는 데 큰 도움이 될 것 같습니다."

"하하하, 도움이 되었다니 다행이오."

"고맙습니다. 그런 의미에서 오늘 저녁에는 제가 그곳으로 모시지요. 회포를 푸시기에 적당할 것입니다."

"하하하, 오늘 말이오?"

"감찰하시기도 바쁘신데 그런 수고까지 해주신다니 당연히 제가 대접을 해야지요."

"아주 좋소. 내 소장 동지의 마음을 기대해 보겠소."

"하하하, 예. 기대하셔도 좋을 겁니다."

아무리 봐도 둘 다 똑같은 놈이다. 사람 잡는 이야기를 한 후에 태연하게 즐기러 가자는 소리나 하다니 말이다.

'그나저나 소장 새끼가 저러는 것을 보면 누가 밉보인 것 같은데 말이야. 어떤 사람인지 모르겠지만, 재수 더럽게 없구나.'

아무래도 소장 놈이 작정하고 말을 꺼낸 것 같다. 아무래도 오늘 뭔가 사달이 날 것 같았다.

최고 지도자를 비방하는 것은 정말 중죄에 속한다. 새로 수용소에 들어오는 사람 중에 몇몇이 그랬다가 자아비판 후에 교수형을 당하거나 경비병들에게 맞아 죽었다.

"오늘 저녁은 저녁이고, 다른 것은 어떻소?"

"지금 가시지요. 그렇지 않아도 말씀이 있으실 것 같아 그동안 채광한 것들을 준비해 놨습니다."

"하하하, 눈치가 좋은 것 같소. 상부에서도 이곳에서 나오는 것들이 가장 순도가 좋다고 말씀들 하셔서 못내 궁금했소."

"만족하실 겁니다. 이번에 제법 좋은 것들이 몇 개 나왔으니 말입니다."

"그렇소?"

"수량이 전보다 조금 더 나와서 감찰관님께도 두 개 정도 선물로 드릴 수 있을 것 같습니다. 원석이기는 하지만 가공만 잘한다면 꽤나 흡족하실 겁니다."

"고맙소. 내 것까지 챙겨 주다니 말이오."

"별말씀을 다 하십니다. 원로에 수고가 많으신데 이 정도는 약과지요."

"그런데 일정한 것이 아니고 가끔 가다가 발견이 된다니, 그것이 좀 안타깝소. 원광이 발견되었다면 아주 좋았을 텐데 말이오."

"어쩔 수 없지요. 아시다시피 원광이 아니고, 그때 발생한 사건 때문에 생성이 된 것이라서 말입니다. 어쩌다 한 번씩만 발견되는 것이 저도 안타깝습니다."

다이아몬드를 이야기하는 것 같다. 뇌물로 쓰고 상납도 하고, 아주 재미있다.

여기에 있는 광산은 원래 석탄을 채굴하는 곳이다.

스팟이 생성된 후에 간혹 다이아몬드가 채굴되고 있을 뿐이지 원광 자체가 발견된 곳이 아니다. 스팟의 영향 때문에 가끔씩 다이아몬드가 발견될 뿐이다.

수용소 중에 이런 곳이 몇 군데 더 있는 것으로 알고 있다. 스팟이 나타났다가 사라진 곳 중에서 이곳처럼 다이아몬드나 루비, 에메랄드 같은 보석류가 발견되는 곳이 더러 있었다.

"이곳에서 나오는 것들은 제법 높은 가격을 쳐준다고 해서 하는 말이었소."

"다른 곳이나 원광이 있는 광산에서 채굴되는 것보다 가치가 높긴 합니다만, 그야말로 횡재수나 다름없습니다. 그래도 간혹 채굴이 되어 이렇게 선물로 드릴 수 있으니 다행스럽게 생각하고 있습니다."

"내 이해하오. 그것이 사라지지만 않았다면 괜찮았을 텐데, 갑자기 사라져 버려서 그런 것이 아니겠소."

"그렇기는 하지요. 그것의 발생 원인을 밝혀냈으면 좋았을 텐데 말입니다."

"그런데 아직도 감지가 되지 않는 것이오?"

"그때 이후로 새로운 감지기를 계속해서 가동시키고 있지만, 반응이 전혀 없습니다, 대좌 동지."

"그래도 혹시 모르니 멈추지 말고 계속해서 반응을 살펴야 할 것이오. 위에서 관심이 지대하니 말이오. 그리고 처음에 나타난 것처럼 새로 설치된 감지기에도 반응이 나타나지 않을지 모르니 세밀하게 신경을 쓰도록 하시오."

"염려하지 마십시오. 지금도 그럴 것 같아 철저하게 살펴보고 있는 중입니다."

"소장이 신경을 쓴다니, 내 믿겠소. 자, 준비를 해두었다니 어서 봅시다."

"그러시지요."

호위총국의 대좌가 자리에서 일어나자 소장도 곧장 일어섰다. 채광한 다이아몬드를 보러 가려는 모양이다.

'어서 치우자.'

두 놈이 밖으로 나간 후에 곧바로 식탁을 치웠다. 주방에서 식기를 정리하고 설거지를 끝냈다.

이후에는 사람들이 먹을 빵을 만들었다.

저녁 식사는 다른 곳에서 할 것 같으니 조금 빨리 막사로 돌아갈 수 있을 것 같다.

정진호는 일이 끝나고 난 뒤 막사로 돌아와 잠자리에 들 무렵, 제자인 차훈으로부터 식당에서 오간 이야기를 들을 수 있었다.

손을 쓸 것이라고는 예상을 했지만 남의 손을 빌어 자신을 처리하려는 김형식의 행동은 예상 밖이었다.

능력을 모두 얻지 못한 것이 자신 때문이라고 원망하던 김형식이기에 직접 손을 쓸 것이라 생각하고 있던 것이다.

"그러니까… 차훈아, 최고 지도자를 비방한 사람들에 대해서 본보기를 보이겠다고 했단 말이냐?"

"예, 스승님. 소장 놈이 알랑방귀를 뀌는데, 속이 뒤집히는 줄 알았어요."

"으음. 큰일이구나. 그놈 때문에 엄한 사람들이 죽어 나가게 생겼으니 말이다."

"그러게요. 누가 그놈에게 밉보였는지 큰일이에요. 쉽게 끝나지는 않을 텐데 말이죠."

"그렇겠구나."

"어차피 어떻게 할 방법은 없지만 기회가 되면 놈을 가만두지 않을 거예요."

"그런 소리 함부로 하지 마라. 벽에도 귀가 있는 법이다. 그리고 손을 봐야겠지만, 아직은 때가 아니기도 하고 말이다."

"예, 스승님."

"얼른 자도록 해라. 피곤할 텐데."

"벌써 자요?"

"그래. 분위기가 수상하니 오늘은 그냥 자도록 해라. 전에도 말했지만, 새롭게 설치된 감지기는 민감하니 심법 이외에 어떤 수련도 해서는 안 된다."

담요를 들추며 잠자리에 드는 차훈을 보며 정진호가 당부를 했다. 민감해져 있을 김형식을 생각해서였다.

"그 정도는 알고 있어요."

"그래, 알았다니 잊어 먹지 않도록 해라."

"예, 전 이만 잘게요."

정진호는 잠자리에 드는 차훈의 담요를 여며주었다.

'후우, 빠져나갈 수 없겠구나.'

최고 지도자를 비방했다고 누명을 씌운 후, 자신을 처리하려는 것 같았다.

어제 공격을 당할 때 제대로 된 반격을 하지 못해 능력을 쓸 수 없다고 판단한 것이 분명했다.

'정말 영악한 놈이다. 내가 움직일 수 없다는 것을 알고 이런 방법을 쓰다니. 아마도 내가 후인을 두지 않았는지 염려가 돼서 이런 방법을 썼을 것이다. 그놈을 제외하고 우리 사문의 특성상

스승이 당하는 것을 두고 볼 제자는 없을 테니까.'

스승을 부모처럼 여기는 사문의 특성상 치사한 방법이지만, 후환이 될 숨겨진 제자를 찾는 데 아주 효율적인 방법이기도 했다.

'아침 일찍 말해두어야겠구나. 강신이라면 말려줄 것이다. 차훈이도 그의 말이라면 들을 것이고. 죽일 놈, 네놈이 어떤 방법을 쓰든 간에 원하는 것을 얻지는 못할 것이다. 나를 처리하려면 오늘 했어야 했다.'

오늘 마지막 안배를 끝낸 후 내일 강신에게 차훈을 부탁하기만 하면, 자신이 할 수 있는 것은 모두 끝난다.

안배의 끝에는 사문을 배신하고, 나라를 멸망시킨 사제의 최후가 있을 것이니 지금 상황이 나쁘지는 않았다.

'스스로 생을 끝낼 수 있는 시기를 맞출 수 있으니 그것도 나쁘지는 않은 일이다. 문제는 차훈이 저 아이에게 무거운 짐을 맡겨야 한다는 것인데⋯⋯.'

1차 안배는 끝냈고, 이제 마지막 봉인 작업을 하게 되면 자신이 생각한 대로 제자의 기억이 조작될 것이다.

위험성을 생각해 아주 일부만 조작하는 것이지만, 그것이 전부가 될 수도 있는 부분에 대한 조작이다. 어린 제자에게 미안하지 않을 수 없는 일이다.

'미안하구나. 모든 것을 얻게 되면 자연히 알게 될 테니 그때까지만이다. 원망스러울 테지만 네가 위험에 빠지지 않도록 하려는 것이니 이해해라.'

어쩔 수 없는 일임을 알기에 정진호는 곧바로 차훈의 수혈을 짚었다.

파파팟!

"스……."

갑자기 혈이 짚이자 놀란 차훈이 뭔가 말하려다가 그대로 잠이 들었다.

'차훈아, 이 스승이 너에게 뭔가 베풀었다는 것을 인식했을 테니 나중에 봉인을 푸는 단초가 될 것이다. 잊어 먹지 말도록 해라.'

잠이 들고 나서 수혈을 짚어도 되지만 일부러 깨어 있을 때 한 이유가 있다. 봉인을 풀어줄 열쇠를 심어두기 위해서다.

자신의 의식에 뭔가 봉인이 되어 있다는 것을 알고 스스로의 인식하에 봉인을 풀어야만 정신적으로 문제가 없기에 취한 조치였다.

주변에 결계를 친 후, 정진호는 손바닥을 차훈의 정수리에 가져다 댔다.

번쩍!

봉인을 위한 대법을 베풀 때와 마찬가지로 그의 눈에서 푸른 광망이 뻗어 나와 손을 통해 정수리로 스며들었다.

정진호는 그렇게 10여 분 정도 정수리에 손을 대고 있다가 손을 거두었다.

'후우, 남아 있는 기력을 모두 썼더니 힘들군. 내일 남아 있

는 원천지기까지 뽑아내서 쓰면 절대 알아차리지 못할 것이다.'

김형식은 사문의 모든 술법을 배운 것이 아니다.

성정이 좋지 않다는 것을 알아차리고 스승께서 모든 것을 전하지 않은 것이 천만다행이었다. 그렇지 않았다면 자신의 계획은 절대 성공하지 못했을 것이다.

남아 있는 것은 내일 얼마나 실감나게 죽을 것이냐는 것뿐이었다.

모든 것을 쏟아부어 원하는 대로 해줄 계획이기에 김형식은 절대 알아차리지 못할 것이 분명했다.

어제 식당에서 의논한 대로 할 모양인지 오늘은 작업이 없었다. 소장 놈은 경비대를 동원해 수용된 사람들을 하나도 빠짐없이 연병장에 모이도록 했다.

― 그동안 불만을 토로하던 자들이 적발되었다. 작업에 대한 불만은 아량으로 넘어가겠지만 감히 최고 지도자 동지에 대해 비방을 쏟아낸 자들이 있다는 고발이 들어왔다. 고발을 한 자들은 나와서 어떤 내용인지 말하도록 해라.

저 자식이 누군가를 회유한 모양이다. 스스로 나서서 고발할 자들을 만들어내다니 말이다.

제8장

자신의 목숨이 달려 있기에 치료약이나 먹을거리로 단번에 회유되는 것이 사람들이다.

그렇다고 누구를 욕할 것도 없다.

자신이 살고자 남을 죽이는 행위를 서슴없이 하게 된 것은 이미 오래전부터였으니까 말이다.

"뭐지?"

몇 사람이 고발을 하는 가운데 새롭게 나온 사람으로부터 갑자기 스승님의 이름이 튀어나왔다. 잘못 들었나 생각했는데 아니었다. 곧바로 다른 사람이 나와 스승님을 고발하고 있었기 때문이다.

"19호 막사의 반장 정진호는 작업 중에 수시로 최고 지도자 동지를 욕했습니다."

"뭐라고 했나?"

"차마 입에 담을 수 없는 욕을 했습니다."

"네가 대신 말할 수 없을 정도로 불경스러웠나 보군."

"그, 그렇습니다."

"네가 욕을 하는 것이 아니니 19호 막사의 반장이 어떻게 욕을 했는지 말하라."

"그, 그것이……."

"너는 정확한 사실을 알리는 것뿐이다. 문제 삼지 않을 것이니 말하라."

호위총국에서 나온 대좌가 윽박지르며 고발자를 재촉했다.

"그럼 말씀드리겠습니다. 저자는 최고 지도자동지께서 우리 등골을 빼 먹는다고 수시로 말했습니다. 오늘도 마찬가지였습니다. 악마 같은 놈이 우리를 말려 죽인다고……."

"그만!"

대좌가 불경스럽다는 표정을 지으며 증언을 그만두게 했다.

"차마 들을 수가 없구나. 저자가 그런 말을 했다는 사실을 증언할 사람이 또 있나? 있다면 손을 들도록."

대좌의 말에 몇 사람이 손을 든다. 가만히 살펴보니 자신이 아프거나 가족이 아픈 이들이다. 소장 놈이 스승님을 상대로 함정을 판 것이 분명하다.

'그런데 어째서지? 소장 새끼는 스승님과 별다른 접촉점이 없는데…….'

이해가 가지 않는 상황이다.

하지만 스승님이라면 저자들의 주장에 반론을 제기할 것이다. 스승님과 같이 일했던 것은 딱 한 명뿐이니까 말이다.

"19호 막사 반장은 앞으로 나와라."

대좌가 부르자 스승님께서 앞으로 나가신다. 걸어가시는 모습이 어제보다 더 힘이 없으신 것 같다.

"너는 이들이 고발한 것에 대해 어떻게 생각하나?"

"사실 아니오?"

스승님의 답변에 내가 잘못 들었나 하는 생각이 들었다. '사실이 아니오'가 아니라 그것이 사실이라는 말씀을 하신 것이다.

"말귀를 못 알아듣는 것 같으니 다시 한 번 말하겠소. 내가 말했다는 것이 사실 아니냐고 당신에게 물었소."

"뭐, 뭐?"

"최고 지도자라는 새끼가 우리 등골을 빼 먹는 것이 사실 아니냐는 말이오. 그건 그 새끼를 호위하는 당신이 더 잘 알고 있을 텐데!"

"이! 종간나 새끼!!"

퍼퍼퍼퍽!

대좌의 주먹이 연이어 스승님의 가슴을 쳤다. 쓰러지는 스승님에게 발길질을 한다.

"안 돼!!"

뛰쳐나가려던 나를 강신 아저씨가 잡는다.

"아저씨?"

"어르신은 널 위해서 이미 각오하셨다. 소장 새끼가 작정하고 만든 함정이다. 지금 뛰쳐나가면 어르신의 바람을 저버리는 일이다, 차훈아."

아저씨의 눈빛이 무척이나 엄하다. 이미 스승님께 언질을 받은 모양이다.

으드득!

"잘 지켜보아라. 네 원수들이다."

"지켜보지요, 아주 잘!"

대좌 새끼에게 맞으면서도 스승님의 눈길이 나에게 머물고 있다. 절대 나서지 말라는 눈빛이시다.

'그렇게 하겠습니다. 부모님의 원수도 갚지 못했는데 개죽음을 당할 수는 없으니까요. 하지만 원수는 반드시 갚아드리겠습니다, 스승님.'

이가 갈리고 치가 떨리지만 두 눈을 부릅뜨고 스승님이 죽어가는 모습을 바라보았다. 원수를 뇌리에 담기 위해서다.

스승님을 죽도록 패고 있는 대좌 새끼와 옆에서 능글맞은 눈빛으로 스승님을 바라보고 있는 소장 새끼는 반드시 내 손으로 죽일 것이다.

퍽! 퍼퍼퍽!

"커헉!"

대좌 새끼가 피를 토하시는 스승님을 군홧발로 밟고 있다.

'개, 개새끼!'

그러고도 성에 차지 않는지 옆에 있는 경비병에게 다가가 허리춤에서 몽둥이를 빼앗아 든다.

콰직!

"껙!"

머리를 정통으로 맞은 스승님이 숨넘어가는 소리와 함께 몸을 떠신다.

퍼퍼퍼퍽!

잘게 몸을 떠시는 스승님을 향해 사정없이 몽둥이질을 한다. 곧바로 경련이 잦아들었는데도 말이다.

'크흑, 스승님.'

스승님이 돌아가셨다. 그것도 비참하게 맞아서 돌아가셨다. 스스로 원하셨다고는 하지만, 너무도 참혹한 죽음이다.

'으드득, 지금은 어쩔 수 없지만, 가만두지 않을 것이다.'

놈은 내일 떠난다.

그전에 스승님보다 더 참혹한 죽음을 내릴 것이다. 이건 내 부모님을 두고 맹세한다.

턱!

스승님의 죽음을 확인한 것인지, 대좌 새끼가 몽둥이를 던진 후 손을 턴다.

"휴우, 이 쓰레기를 개밥으로 던져 주도록!"

"예! 대좌 동지!"

수용소를 경비하는 경비견들은 늑대와 교배한 종이다.

탈출한 자들을 쫓아가 물어 죽인 후 잡아먹도록 훈련을 받았다. 실제로 여러 번 사람 고기를 맛본 놈들이다.

'씹어 먹을 놈!'

돌아가신 분이신데도 사람 대접이 없는 놈이다.

"이번에 고발당한 놈들은 다 나와라!"

놈이 소리를 지르지만 나오는 사람은 없다.

"어서 끌고 나오도록!"

대좌 새끼가 화난 목소리로 소리를 지르자 경비병들이 급하게 움직여 고발당한 사람들을 끌고 나온다. 나가지 않으려 버티지만 소용이 없다.

퍽! 퍼퍽!

"아악!"

"빨리 나가라! 빨리!"

경비병들이 가차 없이 몽둥이질을 하자 고발당한 사람들이 어쩔 수 없이 앞으로 나갔다.

"쓰레기만도 못한 새끼들! 이번 놈들은 특별히 고발한 이들이 처리한다. 잘 봤을 것이다. 나처럼 처리하지 않으면 무고한 것이라 간주하고 똑같은 처벌을 받을 것이다."

스승님을 죽이며 뭔가를 느낀 것인지 대좌 새끼가 소장을 노려본 후 지시를 내린다.

고발한 사람들의 얼굴이 사색이다. 상황이 이렇게 흘러갈 줄은 몰랐나 보다.

"고발한 자들에게 몽둥이를 줘라. 공화국에 충성하는 자들이니 빛날 기회를 주어야 하지 않겠나?"

대좌 새끼가 경비병들을 재촉하자 고발한 사람들의 손에 몽둥이가 쥐어졌다.

"어서 처리해라."

대좌 새끼가 재촉하지만 사람들은 움직일 생각을 못한다.

"이것 봐라? 기회를 주었는데도 망설인다는 말이지? 그렇다면 네놈들부터……."

퍼퍼퍽!

몽둥이를 집어 들려고 하는 대좌 새끼의 모습을 본 사람들이 몽둥이질을 했다. 살기 위해서인지 인정사정없이 휘두른다.

퍽!

"컥!"

"아아악!"

"살려줘! 아악!"

사람들이 광기 어린 눈으로 사람을 패 죽인다. 마구잡이로 휘두르지만, 빗나가는 몽둥이는 없었다. 머리가 깨지고, 눈알이 터졌다.

"히히히히!"

머리가 박살 나면서 뇌수가 얼굴로 튀자 몽둥이를 휘두르던 자 하나는 미쳐 버렸다.

눈이 돌아간 채 히죽거리며 연신 헛웃음만 흘린다.

퍽! 퍽!

퍼퍼퍼퍽!

사람들이 죽을 때까지 몽둥이질은 계속됐다.

얼마 지나지 않아 연병장 앞에는 축 늘어진 시체들만이 바닥에 누워 있었다.

— 원래 모두 죽였어야 할 놈들이지만 최고 지도자 동지께서는 너희들에게 큰 은혜를 베풀었다. 이렇게 수용소를 차려 돌봐 주셨으니 말이다. 너희의 목숨은 온전히 최고 지도자 동지의 것이다. 경고하지만 최고 지도자 동지께 불경한 자들은 이보다 더한 처벌이 있을 것이다. 명심하도록!

대좌 새끼가 마이크를 들고 일장 연설을 했다.

살기 가득한 눈으로 장내에 있는 사람들을 일일이 바라보는 모습이 악귀 같아 보인다.

연설을 끝낸 대좌가 소장실로 발걸음을 옮겼다. 소장 놈도 조심스러운 눈빛으로 그 뒤를 따른다.

경비병들이 사람들을 시켜 죽은 이들을 경비견을 기르는 축사 쪽으로 옮겼다.

경비병들은 사람들을 광산이나 작업장으로 내몰았다. 연병장에는 몽둥이질을 한 사람들만 남았다.

본보기를 보인 대가로 휴식을 주려는 모양이다.

그러나 고발을 한 사람들은 휴식을 취할 처지가 못 되었다. 몽둥이를 손에서 떨어트린 채 벌벌 떨고만 있다.

미쳐 버린 사람은 힘없는 모습으로 허공에 몽둥이를 휘두르는 것처럼 헛손질을 하고 있다.

'당신들 잘못이 아닙니다. 모두가 다 저놈들 때문이지⋯⋯.'

모두가 불쌍한 사람들이다.

"가자!"

"크흑."

"정신 차려라. 네가 이러는 것을 소장 놈이 절대 알면 안 된다고 말씀하셨다."

"으드득, 가야지요."

눈물조차 흘릴 수 없는 내 처지가 한탄스럽다.

하지만 놈들을 죽이려면 지금 일을 하러 가야 한다.

강신 아저씨의 말에 마음을 다잡고 식당으로 향했다.

애써 참은 보람이 있다. 매서운 눈초리로 사람들을 감시하던 경비병들의 눈을 피한 것 같았다.

곧바로 식당 주방으로 가서 일을 시작했다. 오늘 놈들이 먹을 음식도 어제와 마찬가지로 해장국이다.

주방장 아저씨가 미리 준비를 해두었기에 나는 식탁으로 내가기만 하면 됐다.

"내가 할 테니 좀 쉬고 있어라."

쟁반을 들려고 하니 주방장 아저씨가 날 잡는다.

"아저씨."

"놀랐을 거다. 실수하면 안 되니 내가 가지고 가도록 하마."

"고마워요."

놈들을 보면 참을 수 없을 것 같은데, 잘된 일이다. 주방장 아저씨가 음식을 내가는 것을 본 후, 곧바로 주변을 뒤졌다.

식당 청소를 할 때 사용하는 화공 약품을 찾아서 작은 병에 옮겨 담았다. 음식 재료 중에서도 필요한 것들 몇 가지를 챙겼다. 수발까지 다 들어줘야 하기에 주방장 아저씨가 돌아올 때까지 필요한 것은 모두 챙겨 냉장고 뒤편에 감췄다.

가슴이 두근거렸지만 마음을 진정시키며 주방장 아저씨가 돌아오기를 기다렸다.

얼마 지나지 않아 주방장 아저씨가 빈 그릇들을 챙겨 주방으로 돌아왔다.

"아저씨."

"괜찮은 거니?"

"괜찮아요. 바깥에 잡초부터 뽑아야겠어요."

"조금 많이 나기는 했더구나."

"아까 보니 쥐새끼들이 얼쩡거리는 것 같았어요. 소장님이 알면 지저분하다고 난리를 칠 테니, 지금 바로 뽑을게요."

"저녁 급식을 만들려면 아직 시간이 있으니 그렇게 하도록 해라."

"예, 아저씨."

밖으로 나가서 식당 주변의 잡초를 뜯었다.

'잘 자라고 있구나.'

그동안 알게 모르게 공을 들여왔던 것들이 보인다.

'스승님께서 말씀하시길, 세상이 변하며 나타난 독초라고 했다. 아주 지독한 것이라고 했으니, 이거면 될 거다.'

경비병들 눈에는 내가 잡초를 뜯는 것으로 보이겠지만, 그중한 가지는 독초다.

평범한 풀로 보이지만 입에 들어가 침이 닿으면 손쓸 사이도 없이 즉사한다고 전에 스승님께서 주의를 주신 것이다.

한쪽 구석으로 잡초를 모으면서 독초는 따로 챙겨 주머니에넣은 후 주방으로 들어왔다.

'쉬러 갔구나.'

예상한 대로 주방장 아저씨가 보이지 않는다. 점심 준비하기전에 잠시 쉬러 들어간 것이다.

'아저씨가 돌아올 때까지 한 시간밖에는 없다.'

화공 약품을 챙기는 순간부터 생각해 놓은 것을 만들려면 시간이 별로 없다.

곧바로 작업을 시작했다.

음식 재료들의 일부를 다듬어 기름과 화공 약품을 이용해 필요한 성분을 추출했다. 거기다가 독초를 잘게 다져서 나온 즙을첨가해 1차 독액을 만들었다.

'이대로 그냥 쓰면 바로 들키니까.'

프라이팬을 꺼내 소금을 볶았다. 소금을 볶으면서 독액을 한 방울씩 골고루 떨어트렸다. 얼마 지나지 않아 소금의 색깔이 연한 잿빛으로 변했다. 소장 놈이 몸에 좋다고 구해온 죽염과 같은 색깔이다.

소금에 골고루 독이 스며든 것을 확인한 후, 잘게 부쉈다.

죽염이 들어 있는 통을 하수구에 비우고 독으로 물든 소금으로 채워 넣었다.

'이제 먹고 싶어 하는 요리를 만들게 말만 흘리면 된다. 지금쯤 송이가 나올 철이니……'

소장 놈은 버섯 요리를 좋아한다.

특히나 송이버섯은 제철이 되면 삼시 세끼 모두 먹을 정도로 광적으로 좋아한다.

세상이 변한 후부터 위도별로 기후가 많이 바뀌었다. 이곳은 옛날 한반도 남쪽의 기후와 비슷해서 여름으로 들어가기 직전인 지금이 송이가 나올 시기다.

소장 새끼는 송이 이야기를 들으면 반드시 캐오라고 할 테고, 즉석에서 구워 먹을 테니 독이 든 소금이 쓰일 것이다.

송이를 먹는 순간 소금은 곧바로 녹아들어 놈들을 죽일 것이다. 조금이라도 침에 닿으면 곧바로 흡수되니 말이다.

"조금 쉬었냐?"

"오늘은 점심 배급이 없어서요. 이제부터 저녁 급식을 만들어야죠."

"그래라. 그런데 차훈아."

"예, 아저씨."

"요새가 송이를 채취할 시기냐?"

"왜요?"

"아까 소장님이 송이버섯 이야기를 하셨다."

작년 이맘때쯤 송이를 채취해 온 적이 있었다. 그것을 기억하고 있던 모양이다.

'크크크, 하늘이 나를 버리지 않으시는구나.'

나로서는 무척이나 잘된 일이다. 일부러 이야기를 꺼내지 않아도 되니 말이다.

"이제 막 여름 송이가 나올 시기기는 하지요. 그 장교님께 대접한다고 하시던가요?"

"그래, 모레 오후에 떠나신다고 송이버섯 구이를 대접하고 싶으신 모양이다."

"여름 송이가 나올 때가 됐기는 한데 보지 않아서 나왔는지는 잘 모르겠어요."

"그럼 지금 바로 가서 둘러보고 오도록 해라. 송이가 나왔는지 말이다."

"지금요? 저녁 급식은 어떻게 하고요."

"그건 내가 알아서 할 테니 어서 다녀와라. 송이가 나오지 않았거나 상태가 시원치 않으면 곤란하니 말이다."

"알았어요."

곧바로 주방을 나섰다. 출입구로 가서 초소에 있는 경비병에게 이야기를 했다.

"소장님이 송이 좀 캐가지고 오라고 하셨는데요."

"잠깐 기다려라."

종종 있어왔던 일이라 연락을 할 모양이다. 자석식 전화기를 들고 전화를 건다.

"꼬마 놈이 송이를 채취하러 가야 한다고 해서 연락을 드렸습니다."

수화기를 타고 비서 목소리가 들려왔다.

— 잠시 기다려라.

"예."

— 소장님께서 허락하신 일이다. 감찰관 동지께서 드실 것을 채취하러 가는 것이니 통과시키라. 그리고 당분간은 그 아이가 버섯을 채취하러 다닐 것 같으니 편의를 봐주도록.

"알겠습니다."

주방장 아저씨가 내가 초소로 오는 동안 말을 한 모양이다. 편의까지 봐주라고 하니, 잘된 일이다.

"소장님께서 허락을 하셨다고 하니 통과시켜 주마. 해가 지기 전에 돌아와야 한다. 돌아오지 않아도 찾으러 가지 않을 것이다."

"알았어요."

경비병이 문을 열어주자 곧바로 송이가 나는 곳으로 갔다. 얼마 전에 싸리버섯을 채취하며 봐둔 곳이다.

송이가 날 만한 곳을 찾아 떨어진 솔잎을 헤쳤다.

'다행이다.'

실하게 올라온 놈들이 제법 있다.

갓이 피지 않은 것이 최상급이지만, 일부러 피기 직전의 것들을 골라서 채취했다. 내일 놈들을 독살할 계획을 위해서다.

갓이 활짝 피기 전의 송이버섯을 있는 대로 채취하니 꽤 많은 양이다.

'이 정도면 됐고, 어디 보자.'

송이 채취를 끝낸 후 주변 지형을 살폈다. 숲까지 들어오는 데 걸리는 시간을 재보기 위해서다.

'충분하다. 놈들이 알아차리기 전까지 숲으로 들어오면 된다.'

계획대로 되고 시간 조절만 잘하면 독살한 것이 들키기 전에 숲으로 들어올 수 있을 것 같았다.

'전에 아저씨가 말씀하신 곳이……'

강신 아저씨가 말해주었던 곳을 찾기 위해 산등성이 쪽을 살폈다. 뭔가 햇빛에 반짝이는 것 같더니, 상공 위로 희미하게 무지개가 나타났다가 사라지는 것이 보인다.

'저기다.'

폭포가 있는 것을 확인했다. 아저씨가 말씀해 주신 대로다.

폭포가 있다면 해가 지기 전에 숲을 벗어날 수 있을 것 같다.

'폭포라면 해가 지더라도 문제는 없을 것이다. 괴물들은 물에 아주 취약하다고 했으니까.'

급조한 계획이지만 생각한 대로 모든 것이 맞아떨어지니 탈출에 성공할 가능성이 높았다.

'늦었다. 해가 지기 전에 돌아가자.'

어둠이 내려오면 괴물들이 어슬렁거린다. 잡아먹히지 않으려면 지금 돌아가야 한다.

타타타탁!

주변 지형을 살필 필요가 없기에 수용소까지 달려갔다.

"송이는 채취한 거냐?"

"제법 채취는 했는데 소장님이 원하시는 송이를 따려면 내일 또 나가야 할 것 같아요."

"알았다."

"여기요."

송이를 얻으려고 일부러 기다리고 있었다는 것을 모르지 않기에 문을 열려고 하는 초소장에게 미리 챙겨둔 것들을 꺼내 건넸다.

"우리 것도 있냐?"

"제법 많이 땄어요. 충분하니까 나눠 드세요."

"고맙다. 어서 들어가라."

"예, 아저씨."

초소장이 직접 문을 열어주었다. 안으로 들어간 후, 곧바로 주방으로 갔다. 주방으로 가니 아저씨가 기다리고 계셨다.

"여기요."

"오, 양이 많구나."

"내일이면 활짝 필 것 같아 모두 캐 왔어요. 다음 것이 나오려면 내일 오후나 될 것 같아서요."

"으음, 그러면 지금 캐 온 것으로 내일 점심 대접을 해야 한다는 말이로구나."

"그럴 거예요. 냉장고에 보관하면 내일 점심까지는 괜찮을 거예요."

"알았다. 소장님께 보고를 드리고 오마."

아저씨가 소장에게 보고를 드리러 간다. 예상한 대로다. 그럴 줄 알고 일부러 그런 것만 채취를 해 왔으니 말이다.

얼마 지나지 않아 아저씨가 돌아왔다.

"뭐라고 하세요?"

"지금 캐 온 것으로 대접을 하라고 하신다. 그러고는 내일 또 캐 오라고 하시는구나. 저녁에 드신다고 말이다."

"알았어요. 그렇게 할게요."

이것 역시 예상한 대로다. 오늘 채취한 것으로 대접을 끝낸 후에 싱싱한 것으로 만찬을 즐길 생각인 것 같다.

"오늘 고생했다."

"별말씀을요. 언제나 하는 일인데요, 뭘."

"그리고 좋은 소식이 있다. 소장님께서 상으로 내일은 송이 캐 오는 것만 하고 이틀은 쉬라고 하셨다."

"이틀이나 쉬라고요? 내일 아침은요?"

"내가 한 해장국이 별로신지 밤새 대좌 동지와 같이 계시다 가 그곳에서 드시고 온다고 하더구나."

"알았어요. 그럼 이틀 쉬니까 내일 아침에는 소장실 청소나 해드려야겠네요."

"후후후, 녀석. 내가 말씀을 드리도록 하마. 저녁 준비는 내 가 모두 끝내 뒀으니 막사로 가서 쉬어라."

"예, 아저씨."

막사로 돌아가기 위해 주방을 나섰다.

'전부 계획대로 되었다. 더군다나 놈이 자리를 비운다니 더 욱 잘됐다. 그놈에게 줄 것은 따로 챙기는 것 같았으니, 돌아와 서 곧바로 비밀 금고를 확인하지는 않겠지.'

내일 놈들이 독을 먹게 한 후, 이곳을 탈출할 생각이다.

이틀을 쉬게 되면 청소하는 날이 지나 버리기에 자연스럽게 소장실을 청소할 기회를 만들었다.

곧 죽을 놈이 감춰둔 것을 그냥 놔두고 갈 수는 없다.

소장 새끼가 사람 목숨을 하찮게 여길 정도로 중요하게 여기 는 것이니 말이다.

언젠가는 다른 놈들에게 발견될 테니 나중에라도 녹색 광석 이 뭔지 알아내면 유용하게 쓸 생각이다.

'아직 일하고 있을 시간이구나.'

연병장을 가로질러 막사로 돌아와 보니 아직 사람들이 돌아오지 않았다.

'계획을 한 번 점검해 보자.'

막사 안에서 쉬면서 탈출 계획을 점검했다.

'식량은 됐고, 지형은 아저씨가 말씀하신 대로다.'

탈출하면서 먹을 식량은 숨겨놓은 것으로 해결이 가능하다.

고작 사흘 치뿐이지만 원하는 곳까지 갈 수 있을 정도로 충분한 양이다.

지형을 보니 강신 아저씨가 말해준 것과 그리 다르지 않았다. 폭포만 활용할 수 있다면 밤이 되기 전에 숲을 벗어날 수 있을 것 같다.

'문제는 독이 얼마나 빨리 발작하느냐인데… 약효가 빠르다고 했으니 아저씨가 수발을 들러 식당으로 들어가면 곧바로 움직여야 할 것 같다. 전채를 먹고 난 후에 곧바로 송이를 굽기 시작할 테니까.'

사람의 심리를 이용해 세운 계획이다.

오랫동안 지켜본 터라 주방장 아저씨와 소장 놈의 성향은 누구보다 잘 아는 나다.

급조한 계획이지만 빈틈이 없어 보인다.

'오는구나.'

사람들이 돌아오는 것 같다. 문이 열리고 사람들이 들어온다.

아침부터 아무것도 먹지 못해서 그런지 다들 피곤한 모습이다.

몇 사람이 뒤늦게 들어온다. 막사로 귀환하며 급식을 받아온 모양이다.

검은 빵이 하나씩 배급되었다. 국물조차 없는 그냥 맨빵뿐이다.

'개새끼들!'

먹는 것으로 사람을 길들이는 놈들이다. 그것도 뭔지 알 수 없는 재료로 만들어진 빵으로 말이다.

'그래도 먹어야겠지.'

체력을 비축해야 했기에 쥐처럼 갉아 먹었다. 취침 시간까지 다 먹지 못해 누워서 갉아 먹었다.

다 먹고 나니 잠이 오지 않는다. 내일을 위해 잠을 자야했지만 눈을 감으니 맞아 죽어가는 스승님의 얼굴이 떠올라 잘 수가 없다.

'잠을 못 잘 바에야 지금 먹어두자.'

옷 춤에 감춰둔 육포를 꺼냈다. 쥐를 잡아 만든 육포를 잘게 찢어 씹으며 밤이 지나기를 기다렸다.

정말 긴 밤이다.

1996. 4. 17. (수) 13:10.

개마고원의 깊은 산중.

타―앙!

화드드드드!

고원을 울려 퍼진 총성이 잠들었던 산새들을 깨웠다.

"헉! 헉!"

탄환이 뚫은 고통을 느낄 겨를도 없이 허리춤을 세게 부여잡았다.

'피가 새어 나가지 않도록 해야 한다.'

허리에 묶인 것을 다시 비틀어 매고는 몸을 움직였다

"크으윽, 제기랄!"

뛰듯이 움직였기에 온몸이 저리도록 아팠지만, 달려야 한다.

한시라도 빨리 위쪽으로 올라가 폭포까지 가야만 살 수 있다.

후드드득!

서둘러 움직인 탓에 상처를 묶었는데도 옆구리를 타고 피가 흘러내린다.

떨어진 핏줄기가 바닥에 선명하다.

'흔적을 지워야 하는데…….'

달리는 와중이라서 그런지 피가 멈추지 않는다.

선명한 핏자국이 내가 도망치는 동선을 선명하게 알려주고 있어 흔적을 지워야 하지만, 지금은 어려운 상황이다.

이대로 잡히면 곧바로 죽음이다.

쫓아오는 놈들과 너무 가까운 터라 그런 것에 신경을 쓸 겨를이 없다.

"빨리빨리 찾아라!!"

고함 소리와 함께 숲이 갈라지고 있다.

'제기랄, 그 새끼도 송이에 욕심을 낼 줄이야.'

초소장이 지분거려 잠시 지체하는 사이에 시간을 잃었다. 간신히 숲까지 들어갔는데 약효가 너무 좋았나 보다.

추적이 곧바로 시작됐으니 말이다.

가뜩이나 힘들어 죽겠는데 이렇게 빨리 쫓아오다니, 역시나 호위총국에 속해 있는 놈들답다.

어느새 바로 뒤까지 따라붙어 버렸다.

'이대로는 잡힌다.'

어린 탓에 움직이는 속도가 느려 벌써 따라잡히고 있었다.

원래 가려던 목적지로 향한다면 10분이 지나기도 전에 잡힐 것 같다.

'저놈들에게 개죽음을 당할 수는 없지. 이렇게 된 이상 도박을 해야 한다.'

놈들에게 절대로 잡힐 수는 없다.

비참하게 돌아가신 부모님과 스승님의 바람을 저버릴 수 없었다.

'생각대로만 된다면 살 수 있을 수도 있다.'

조금 더 올라가면 벼랑이 있을 확률이 높았다. 어제 보았던 무지개가 있던 곳이다.

'그래, 죽어라 가자.'

살 수 있다는 희망이 생긴 탓인지 몸에 힘이 돈다.

"크윽!"

피가 새고 있는 옆구리의 상처를 다시 한 번 묶고 있는 천으로 감쌌다.

'지금은 뒈졌을 테지만 내가 이것들을 훔쳐 나온 것을 알면 소장 새끼가 저승에서도 뒤집어지겠군.'

상처를 감싼 천 안쪽에는 소장실의 비밀 금고에서 훔쳐 가지고 나온 것들이 있다.

스승님을 죽음으로 몰아넣고, 나를 지금 이곳에 만든 그 저주받은 광석들이 말이다.

'어서 가자. 크으.'

아픔을 뒤로하고 계속해서 달렸다.

욱신거리는 옆구리의 통증이 기폭제가 되어 지친 나를 움직이게 만든다.

쏴아아아!

'역시 폭포가 있다.'

물이 떨어질 때 나는 소리로 볼 때, 아저씨에게 들은 대로 폭포가 있는 것이 분명했다. 생각보다 더 큰 폭포인 듯하다.

'굉장히 큰 소리다. 이 정도 폭포 소리면 생각대로 강이 있을 거다.'

타타탁!

현재 상황에서는 폭포가 유일하게 살 수 있는 기회를 얻을 수 있는 장소였기에 정신없이 숲을 가로질렀다.

총상을 입은 옆구리에서 극심한 고통과 함께 계속해서 피가 흘러나왔지만, 여전히 아랑곳하지 않았다.

'드디어 왔다.'

절벽에 도착했다.

쿠쿠쿠쿠쿠!!

예상한 대로 폭포가 가까웠다.

지반이 떨리는 것처럼 느껴질 정도로 굉장한 물소리다.

생각한 대로 폭포의 크기는 어마어마했다.

크기의 웅장함은 두말할 것도 없고, 무척이나 아름다웠다.

'마치 은하수가 떨어지는 것 같구나.'

하얀 물안개가 사방에 드리워지며 햇빛을 받아 무지개로 빛나고 있었다.

"저기다! 반동 새끼가 저기 있다!"

'젠장!!'

나를 발견하고 고함을 치는 군인이 눈에 들어왔다. 대좌 새끼랑 같이 온 호위총국의 병력들이다.

선발된 특수 병력들임을 증명하듯 살기가 등등한 모습으로 소총을 겨누려 하고 있다.

'머뭇거릴 때가 아니다.'

콰르르르릉!

귓가에 선명하게 들리는 폭포 소리!

공포에 질릴 정도로 굉장히 높다. 그렇지만 뛰어내려야 한다.

콰르르릉!

유일한 탈출구인 폭포 소리가 나로 하여금 모진 결심을 하게
만들었다.

'이래 죽나, 저래 죽나!'

타타타탁!

'아빠, 엄마! 도와주세요. 할아버지도, 스승님도 도와주세
요.'

팍!

죽을지도 모르기에 눈을 꼭 감고 기도를 올리며 벼랑 끝을 발
로 박찼다.

휘─이익!

몸이 허공을 날기 시작했다.

타타타타탁!

'젠장!'

내가 뛰어내린 곳과는 조금 떨어진 데로 일단의 군인들이 몰
려드는 것이 보인다.

아주 빠른 몸놀림으로 벼랑 끝에 다가선 군인들이 총구를 들
어 올려 나를 겨누고 있다.

대충 봐도 500여 미터가 넘는 벼랑 끝이다. 양손을 옆으로

붙였다.

'제기랄!!'

북한이 한반도의 패자가 된 이후 곳곳에 수용소가 생겼지만, 탈출에 성공한 자는 아무도 없었다.

탈출을 했다고 하더라도 하루가 지나지 않아 잡혔고, 고문과 함께 죽음이라는 가혹한 처벌을 받으며 본보기가 되었다.

독살당한 호위총국 대좌의 죽음은 어쩔 수가 없다고 하더라도 자신이 관할하는 수용소에서 최초의 탈출자가 나오게 놔둘 수는 없었다.

"반동 새끼가 뛰어내렸다. 즉시 쏴버려라!"

잡지 못한다면 죽이기라도 해야 한다. 곧바로 명령을 내렸다.

떨어져 내리는 차훈의 눈에 좌측에서 자신을 향해 총을 겨누는 자가 보였다.

'안개 속으로 들어가면 살 수 있다.'

엄청난 폭포의 크기 때문인지 물안개가 사방으로 번져 있었다. 총알에 맞지 않기 위해 차훈은 몸을 비틀었다.

타앙!

퍽!

"크윽!"

총을 맞아 생긴 반동으로 몸이 뒤집어진 차훈의 입에서 비명이 흘러나왔다.

'크으, 그나마 다행이지만… 전에 맞은 총상이 더 커졌다.'

몸을 비틀었지만 쏘는 것이 더 빨랐다.

다행이라면 허리춤에 매둔 보자기에 총알이 맞았다는 것이다. 배에 감은 전대를 뚫고 총알이 틀어박혔지만, 몸에 박히지는 않았다.

그렇지만 전대에 감추어둔 녹색 광석에 총알이 박혀 부서지며 강한 충격이 배에 가해져 상처를 크게 만들었다.

'으으, 개떼들처럼 쫓아왔군.'

폭포 아래로 떨어져 내리며 차훈은 자신의 뒤를 쫓는 자들의 모습을 두 눈으로 확인할 수 있었다.

다들 총구를 겨누고 있는 모습이다.

'이미 늦었다. 안개 속으로 들어가기만 하면 네놈들도 내 모습을 찾을 수 없을 것이다.'

순식간에 안개가 차훈을 덮치며 시야에서 군인들의 모습이 사라졌다. 총을 겨누던 군인들이 신경질을 내며 총구를 내렸다.

"젠장!"

경비 장교가 울화통을 터트리며 폭포를 바라보았다.

"죽었을 겁니다."

"죽었다는 것을 몰라서 그러는 것이 아니다. 직접 잡아 사지를 갈기갈기 찢어 죽여야 했는데……."

높이가 500여 미터가 넘는 폭포다.

워낙 수량이 많아 물이 떨어지면서 발생하는 물안개에 폭포 아래쪽이 확인되지 않을 정도다.

엄청난 높이라 특수부대원들이라 할지라도 떨어지면 살아남지 못하는 곳이다. 이제 갓 소년이 된 어린놈이 이런 곳에서 떨어지면 살 수 있는 길은 어디에도 없었다. 떨어지는 순간 내장이 파열되어 죽음밖에는 없을 것이다.

살아나 도주할 염려는 없지만, 자신이 직접 해결하지 못했다는 것이 분했다.

으드득!

호위총국 장교의 죽음으로 인해 결코 책임을 면할 수 없는 상황이다. 분을 풀 수 없던 경비 장교가 이를 갈았다.

"돌아간다. 두 사람은 아래로 내려가 그 새끼의 시체를 수거해 와라."

"이 정도 수량이면 떠오르지 못할지도 모릅니다. 저희가 내려가는 동안 밑으로 떠내려갈 수도 있고 말입니다."

폭포 아래까지 내려가려면 상당히 돌아가야 하기에 병사 하나가 난감한 표정을 지으며 말했다.

"내려가는 것이 싫나?"

"아, 아닙니다."

싸늘한 장교의 말에 병사가 말했다.

"혹시라도 폭포에 시체가 떠오를지도 모르니, 먼저 확인을 하라는 말이다."

"예, 알겠습니다."

"혹시라도 떠내려갔을 수도 있으니 하급 부대에 연락을 해서 강변을 수색하라 일러라. 그리고 너희들은 따라 내려가며 하루, 이틀 정도 지켜보다가 그놈이 떠오르면 시체를 회수해 와라."

"알겠습니다."

유속이 무척이나 빠른 곳이다. 하급 부대에 연락을 한다고 해도 시체를 찾지 못할 가능성이 많았다.

그렇다고 명령을 거부할 수는 없다.

요식적인 행위이기는 하지만, 명령을 수행하고 안 하고에 따라 책임 소재가 달라지기에 병사들은 장교의 명령을 따랐다.

어차피 하나마나인 수색이었기에 남아 있던 병사들은 대충 수색을 했고, 그렇게 쫓고 쫓기던 추격전이 중단되었다.

쏴―아아아아!

밑에 있는 물이 휘돌아 회전하며 위에서 쏟아진 폭포수를 감싸 안는다.

'젠장, 엄청난 수압이다.'

"끄윽, 꼬르르륵……."

벌리지 않으려고 해도 떨어져 내린 물들이 전신을 강타하는 고통에 입이 저절로 벌어지며 물이 밀려 들어온다.

미치겠다. 총상을 입은 곳이 헤집어지며 피가 빨려 나가고 있는 중이다. 이대로라면 죽음을 피할 길이 없다.

절벽에서 떨어진 후, 물속으로 들어온 나는 지금 폭포수가 뚫어놓은 깊은 구멍 안쪽으로 들어와 있는 상태다.

수만 년간 떨어진 물로 인해 폭포 아래는 깊이를 알 수 없게 파여 있는 곳이다. 구멍 밖으로 빠져나가야 하는데, 떨어지는 물의 압력이 태산처럼 크다.

올라가려 하면 다시 밀려 내려와 계속해서 제자리에서 맴돌고 있었다. 위에서 떨어진 폭포수들이 너울처럼 휘돌며 돌아가는 통에 완전히 갇힌 꼴이다.

'제기랄!'

빠져나가야 하는데 힘이 달린다. 내가 가진 체력으로는 이겨낼 수 없는 물살이다.

어린 나로서는 한계가 아닐 수 없다.

꾸르르륵!

호흡이 되지 않아 입을 벌리자 물이 밀려 들어온다. 이대로라면 정말 죽는다.

제9장

찌―릿!

정신이 점점 희미해지는 가운데 갑자기 복부에서 뜨거운 기운이 전해진다.

'크으, 뭐지?'

내 의지가 아닌데도 정신이 번쩍 든다.

뭔가가 배 속으로 들어오는 것 같은데, 물은 아닌 것 같다.

'뭔지 모르겠지만 호흡도 조금은 편해진 것 같다. 도대체 배 속을 파고들어 오고 있는 이 기운은 뭐지?'

물살에 정신없이 몸이 돌고 있지만, 살길이 열리는 것 같아 배에 정신을 집중했다.

'그, 그거다!'

놈들이 수용소에 도착하기 전에 소장실의 비밀 금고를 털었다. 비밀 금고가 있다는 것은 예전에 알았고, 아저씨들에게 배운 것이 있어 터는 것은 아무것도 아니었다.

비밀 금고에서 꺼낸 녹색 광석은 걸레로 쓰는 광목으로 감싸서 숨겨두었다가 식사가 시작되자마자 허리에 둘러 감춘 후에 곧바로 수용소를 빠져나왔다.

급한 와중에도 녹색 광석을 털어 온 것은 그것들이 스승님을 돌아가시게 만든 물건이기 때문이다.

뿐만 아니라 광석 하나하나가 누군가의 죽음과 맞바꾸어진 것이다. 그 저주 받을 것이 소장 놈을 위해 쓰인다는 것은 있을 수 없는 일이기에 놔둘 수가 없었다.

'젠장!'

스승님을 돌아가시게 만든 녹색 광석이 나를 살리고 있다는 사실이 미치도록 싫었다.

하지만 지금은 어떻게든 살아남아야 했다.

'도대체 이 녹색 광석이 뭐기에…….'

무엇에 반응하여 이런 일이 일어나는지 확인하기 위해 정신을 집중했다.

그러자 곧 원인을 알 수 있었다. 정신을 집중하니 확연하게 느껴진다. 놀랍게도 녹색 광석은 내 피를 만나 격렬하게 반응을 하고 있었다.

총상으로 흘러내린 피가 허리에 둘러맨 광목으로 스며들어 녹색 광석과 반응을 하고 있었다.

이윽고 내 몸속의 피까지 빨아들인 녹색 광석은 마치 묽은 죽처럼 변한 후에 내 몸으로 밀려 들어오고 있는 중이다.

'크으, 다행이다.'

몸 안으로 밀려 들어오는 양이 많아질수록 호흡이 안정되고 있다. 물로 가득 찬 이런 공간에서 호흡을 한다는 것은 사실 불가능한데, 신비한 일이었다.

'물속에서도 호흡이 되다니. 게다가……'

더군다나 엄청난 속도로 물속에서 휘돌고 있으면서도 정신은 더할 나위 없이 맑아지고 있는 중이다.

'어떻게 이럴 수가 있는 거지?'

스승님과 아저씨들로부터 애늙은이라고 놀림을 받는 나답게 침착하게 내 몸을 관조했다.

총상을 입고 물살에 헤집어졌던 복부의 구멍이 점점 아물고 있었다. 모두가 묽은 죽처럼 변해 혈관 속으로 스며들고 있는 녹색 광석 덕분이다.

'소장 놈이 그렇게 비밀스럽게 감추어두었던 것을 보면, 스승님이 말씀해 주셨던 신물인지도 모른다.'

스승님께서 말씀하셨던 것이 생각났다.

기가 응집되어 자연에 깃들게 되면 특별한 것들이 생겨나고, 그 수준에 따라서 경이로운 이적을 보일 수 있는 신물이 된다고 했다.

말씀을 듣고 믿을 수 없다고 하자, 산삼도 그런 종류의 것인데 그저 자연의 기가 미약하게 깃든 것일 뿐이라는 말씀을 해주신 적이 있었다.

산삼도 귀품이기는 하지만 녹색 광석같이 온전히 기로만 생성된 것은 그야말로 신물이라는 말씀과 함께였다.

특히나 세상이 변한 후에 이런 신물들이 많이 발견되고는 하는데, 능력을 획기적으로 늘리거나 기적을 발휘할 수 있어서 이면 조직들이 눈에 불을 켜고 찾는다고도 하셨다.

'이게 정체가 뭔지는 모르겠지만, 모두 흡수해야 한다. 가능할지는 몰라도 밑져야 본전이니, 한 번 해보자.'

스승님께서 가르쳐 주신 심법을 시작했다. 물속에서 호흡을 할 수 있다는 사실에 생각이 난 것이 바로 심법이다.

일반적인 심법이 아니다. 자연의 기를 피부로 흡수할 수 있다고 하셨다. 이런 일을 염두에 두신 것은 아닌 것 같지만, 상당히 좋은 심법이다. 할아버지가 알려 주신 것보다 더욱 심오하고 깊은 것이니 말이다.

그동안 소장 놈 때문에 시전하는 것을 자제해야 했던 터라 깨달음만 높은 상태지만, 녹색 광석을 내 것으로 만드는 데는 충분할 것이다.

'정신을 집중해서 피부가 열린다는 생각을 해야 한다.'

심법을 운용하자 흐름이 달라졌다. 피부를 통해 자연의 기가 안으로 들어와 혈맥을 타고 흐른다는 것에 의념을 두자 죽처럼 변한 녹색 광석의 움직임에 변화가 생겼다.

그냥 밀려서 들어오는 것이 아니라 내 뜻에 따라 흡수가 되었다. 처음에는 반신반의하면서 배웠는데, 이토록 좋은 것일 줄은 나도 몰랐다.

'으음, 다른 것도 들어온다.'

흡수되는 것은 녹색 광석뿐만이 아니었다. 맑고 차가운 기운이 피부를 통해 빠르게 흡수되고 있었다.

'어쩌면 이것이 수기일지도 모겠다. 그렇게 노력해도 느끼지 못해 답답했는데⋯⋯.'

심법을 가르쳐 주시며 자연의 기운을 몸에 담을 수 있는 것이라고 말씀하셨다.

소장 놈이 자리를 비울 때마다 심법을 운용해 보았지만, 아무것도 느껴지지 않아서 실망을 했다.

그런데 이렇게 쉽게 느껴지다니, 희한한 일이다.

수기의 본질을 확인하자 내 주변에 가득 차 있는 수기가 느껴졌다.

'으음, 이렇게 농도가 높다니. 내가 이 자리에 맴돌고 있는 이유도 수기 때문이구나.'

밀집된 수기가 내가 밖으로 빠져나가는 것을 막고 있다. 가느다란 실처럼 나를 친친 감싸며 연결이 되어 있어서다.

폭포로 떨어진 후, 이곳으로 밀려 들어왔을 때부터 수기와 내 몸이 연결되었던 것이 분명하다.

조금 전과는 달리 몸이 변화하는 속도가 빨라졌다. 총알을 맞아 구멍이 난 곳으로 이물질들이 밀려 나가고 있다.

'총알도 빠져나가고 있구나.'

옆구리에 박힌 총알도 밖으로 밀려 나가고 있다. 죽처럼 변한 녹색 광석이 살아 있는 생물처럼 움직이고 있기 때문이다.

폭!

이물질들과 함께 총알이 몸 밖으로 빠지는 것이 느껴졌다.

'됐다. 우와, 굉장하다.'

총알이 빠진 후부터는 아무는 속도가 급속하게 빨라졌다. 채일 분도 되지 않아서 몸에 난 상처가 전부 아물었다.

인간이 가진 회복력이라면 절대 있을 수 없는 일이다. 정말이지, 가공할 정도의 회복 속도다. 스승님이 하신 말씀처럼 기연을 만난 것 같다.

'신물은 신물인가 보다. 수기가 더해져서 훨씬 더 큰 효과가 나타나는 것 같다. 호흡도 정상이고, 상처도 전부 아물었다.'

죽처럼 변한 녹색 광석들은 어느새 혈맥 속으로 모두 들어와 있다. 혈맥을 타며 돌고 있기는 하지만 흡수됐다고는 볼 수 없는 상태다.

죽처럼 변한 녹색 광석 일부가 기운으로 변해 단전에 쌓였지만, 대부분은 그저 피를 따라 돌고 있는 중이다.

'아직은 완전하게 내 것이 된 것이 아니니 얼마나 심법을 운용해야 할지 모르겠구나. 지금 이곳을 나가봐야 아직 나를 찾고 있을 것이 분명하니 이것들을 전부 흡수할 때까지만 있도록 하자. 여기에 계속 있어도 위험해지지는 않을 것 같으니까.'

그동안은 머리로만 심법을 익혀왔다. 이제는 운용하는 것이 숙달되어야 한다. 이번이 기회가 될 것 같다.

계속해서 심법을 운용했다. 원활해질수록 많은 양의 수기가 피부를 통해 흡수된다.

'녹색 광석은 그다지 많이 흡수되지 않는구나.'

녹색 광석이 흡수되는 양은 많지 않았다. 그렇다고 변화가 없는 것은 아니다.

수기와는 달리 단전으로 흡수되지 못하고 내 피와 융합해 하나가 되어가고 있는 중이다.

좋은 일이기는 하지만, 어찌 될지는 모르는 상황이다. 혈맥을 따라 흐르고만 있을 뿐이니 말이다.

'그렇다고 나빠지는 것은 아니니……'

녹색 광석은 마치 살아 있는 생물체 같다.

내 피와 융합되면서 자연스럽게 움직이고 있다. 흡수되어 단전으로 가는 양이 적기는 하지만, 언젠가는 내 것이 될 것이 분명했다.

차훈이 사라진 수용소는 매우 분주했다.

눈에 핏발이 선 경비병들은 사소한 일에도 사람들을 때려 죽였다. 고삐가 풀린 것처럼 미쳐 날뛰는 경비병들로 인해 많은 사람들이 죽어 나갔다.

노동력이 감소할까 봐 말리던 전과는 달리 소장은 아무런 조치를 취하지 않았다. 화가 무척 많이 난 모습으로 수용된 사람들을 때려죽이기까지 했다.

으드드득!

밤이 늦은 시간, 소장실에 있던 김형식은 이를 갈았다.

"쥐새끼 같은 놈 때문에 10년 적공이 무너졌군."

녹령을 이용해 자신의 휘하를 만들어왔다.

비록 낙오된 자들이지만 녹령을 이용했기에 들키지 않고 능력자들을 만들 수 있었다.

선천적으로 타고나거나 각성하는 것이 아니라 인위적으로 능력자를 만드는 방법을 완성했는데, 이제는 어려워졌다. 능력자를 만들 수 있는 녹령이 모두 사라져 버린 것이다.

'놈들에게 의탁할 수밖에 없겠군. 아직 기회는 있을 테니 말이다.'

이곳에서 녹령을 발견하고 얼마나 기뻐했는지 모른다. 자신의 야망을 실현시켜 줄 것들이기 때문이었다.

몸이 망가지는 것도 감수하며 그동안 비밀리에 녹령을 모았으나 이제는 미련을 버려야 할 때였다.

녹령이 존재하는 지역은 모두 세 곳이다. 그중에 두 곳은 자신이 절대 접근할 수 없는 곳이다. 이곳을 발견한 것도 천운이 아닐 수 없는 일이었다.

접근할 수 없는 두 곳 중에 하나를 염두에 두고 있다. 자신에게 무공을 주며 유혹했던 곳에서 관리하는 곳이다.

능력자를 양성할 수 있는 비법을 완성한 이상 그곳에서부터 다시 시작해야 했다.

김형식은 자리에서 일어나 바닥에 있는 금고를 열었다.

안에 들어 있는 것이 하나도 없지만, 물건들을 꺼내려는 것이 아니었다.

툭!

금고를 연 김형식은 가지고 있던 나이프를 이용해 손가락 끝을 찔러 피를 한 방울 내더니 금고에 떨어트렸다.

잠시 후, 다시 금고를 닫은 김형식은 곧바로 소장실을 나섰다. 호위총국에서 나온 감찰장교의 사인에 대한 본격적인 조사가 시작되기 전에 수용소를 떠나야 했다.

소장실을 나선 후, 직접 차를 몰고 수용소를 빠져나가는 김형식을 지켜보는 눈이 있었다. 오인방 중에 하나인 강신이었다.

'결계가 풀리고 있다. 놈이 떠나는구나.'

수용소 주변에는 김형식이 쳐놓은 결계가 있었다. 그가 아니면 풀 수 없는 것이지만, 자신이 벗어나기 위해 결계를 풀었다. 탈출의 기회가 생긴 것이다.

[놈이 움직이기 시작했다. 모두 떠날 준비를 해라.]

[알았다.]

곧바로 유찬이 대답을 했고, 나머지도 전음으로 대답을 전해왔다.

다섯 사람이 동시에 움직였다. 어둠이 내린 탓에 이들의 움직임을 알아보는 이는 하나도 없었다.

능력자나 다름없는 경비병들도 김형식이 수용소를 떠나는 순간 곧바로 뒤를 따라 움직인 탓이었다.

다섯 사람은 철조망을 넘는 순간부터 전력을 다해 김형식의 뒤를 쫓았다. 결계가 전체적으로 해제된 것이 아니라 김형식이 가고 있는 길을 따라 해제가 되었기 때문이다.

경비병들도 똑같은 길을 따라 오인방의 앞쪽에서 치달리고 있었다.

그렇게 다섯 사람이 떠나고 난 뒤, 이내 결계가 닫히기 시작했다. 그와 더불어 소장실이 있던 자리에서 꿈틀거리며 짙은 어둠이 밀려 나오고 있었다.

10년 전, 차훈이 있던 갱도에서 꿈틀거리던 어둠과 같은 종류의 것이었다.

츠츠츠츠츠!

소장실에서 기어 나온 어둠은 삽시간에 퍼져 나가 수용소를 덮어버렸다.

얼마 지나지 않아 어둠은 곧장 사라졌다.

어둠이 가신 자리, 그곳에는 모든 것이 사라지고 없었다. 철 조망도, 막사도 하나 없는 빈 벌판만이 남아 있을 뿐이었다.

쏴아아아!

수기는 아직도 흡수가 되고 있다. 오히려 처음보다 많은 양이 흘러 들어오고 있다.

마치 구멍이 뚫린 저수지에서 쏟아지는 물처럼 점점 더 많은 양이 기세를 넓히며 밀려 들어온다.

'단전으로 향하는 것보다 혈맥 속에 녹아드는 양이 많아지고 있다. 뭐, 뭐지?'

혈맥 속으로 흡수되는 양이 무척이나 많아진다고 느끼는 순간, 녹아든 수기가 녹색 광석과 합쳐지기 시작했다.

그러더니 빠른 속도로 단전으로 흘러들어 쌓여 나갔다.

'내, 내단이라니?'

나도 모르는 사이에 축기를 시작한 모양인데, 단전에 단을 형성하고 있다. 깨달음을 얻고 일정한 경지를 넘어야 형성할 수 있다는 내단이 형성되다니, 믿을 수 없는 일이다.

'영물이 조화를 부릴 수 있는 힘의 근원을 내가 갖게 되다니… 그나저나 정말 놀랍다. 이런 모든 과정이 확연하게 느껴지니 말이야.'

관조를 할 수 있다고는 하지만, 보통의 경우라면 이런 것들을 전혀 알 수가 없어야 정상인 상황이다.

그렇지만 나는 모든 과정을 마치 눈으로 보는 것처럼 확연하게 느낄 수 있었다. 선명하게 내 몸이 변화하는 것을 자각하고 있는 것이다.

무엇보다 축기의 과정은 바로 앞에서 지켜보는 것같이 느끼고 있다.

'모두가 녹색 광석 덕분이다.'

녹색 광석이 마치 살아 있는 생명체처럼 느껴진 것은 우연이 아니었다.

그도 그럴 것이, 녹색 광석에서 전해지는 미약한 의지가 내게서 벌어지는 모든 상황을 알려주고 있으니 말이다.

'도대체 어떤 것인지 모르겠다. 아무리 신물이라고는 하지만 이런 종류의 것은 한 번도 들어본 적이 없는데 말이야. 스승님이 살아 계셨더라면…….'

내 말을 들으실 때 보이신 모습이나 소장 놈이 급하게 손을 쓴 것으로 봐서는 스승님도 녹색 광석에 대해서 알고 계셨을 가능성이 높다.

살아 계셨더라면 내 상태에 대해서도 그렇고, 녹색 광석에 대해서도 알 수 있었을 텐데, 무척이나 아쉽다.

'스승님께서는 절대 수용소에 있을 만한 분이 아니었다. 그만한 실력을 가지고 계셨던 것이 분명하니까 말이야. 그런데도

간혀 계셨던 것을 보면 내 몸속에 있는 녹색 광석을 구하기 위해서 그런 것이었을지도……'

스승님께서 뭔가를 내게 베풀기 위해 수혈을 짚으셨던 것이나, 갑자기 돌아가신 것에 의심이 든다.

내 생각이 틀리지 않다면 스승님은 소장 놈을 잘 알고 있었을 것이다.

'그나저나 내가 이렇게 도망을 쳤으니 아저씨들이 수난을 당하겠구나.'

나에게 여러 가지를 가르쳐 주었던 아저씨들이 걱정이다. 나와 친하다는 이유만으로 고생을 하게 될 것 같으니 말이다.

최고 지도자에 대해 불만을 품었다는 이유만으로 수용소에 끌려온 분들이다. 삶에 미련을 두지 않는 분들이지만 나 때문에 더 고생할 생각을 하니 마음이 아프다.

'지금은 아저씨들을 생각할 겨를이 없다. 나 하나만 바라보던 분들이니 어떻게 해서든지 살아서 이곳을 빠져나가자. 그게 그분들을 위한 일이다.'

모든 것을 잃은 탓에 수용소에서 생을 마감할 것이라 생각하던 분들이다. 죽음은 그분들에게 일종의 안식이다.

불편은 하시겠지만 무엇으로도 아저씨들을 힘들게 하지는 못할 것이다.

당신들이 원하는 것은 한 가지다.

내가 배운 것들이 끊어지지 않고 이어지기를 바라신다. 그런

분들이시니 내가 탈출해 인연이 있는 이들에게 전하면 만족하실 것이다.

'죄송합니다. 하지만 반드시 좋은 후인들에게 아저씨들이 내게 주신 것들을 전할게요.'

아저씨들에게 다짐을 하며 생각을 접었다.

상당한 시간이 흐른 것 같다. 이제 슬슬 빠져나갈 준비를 해야 할 것 같다.

'경비병들이 내 죽음을 확인하려 들 텐데……'

내가 폭포에 빠졌다고 그냥 내버려 둘 자들이 아니다. 시체를 찾기 쉽지 않은 상황이라고 할지라도 반드시 확인은 하려 할 것이다.

'그래, 혹시 모르니 이곳에서 시간을 조금 더 보내자. 아직 흡수할 것도 많이 남았고.'

폐로 호흡하는 것이 아니라서 숨이 막히는 일은 없었다. 더군다나 수기를 흡수한 탓인지 배도 고프지 않았다.

몸이 물살을 따라 빠르게 회전하고 있지만, 그것도 상관이 없었다. 중심에 있는 탓에 오히려 수기를 흡수하는 데 도움을 주고 있는 상황이다.

일단은 버텨볼 때까지 버텨보기로 했다.

단전에 형성된 단이 점점 몸집을 불려가는 것을 관조하는 것도 그다지 나쁘지 않으니 말이다.

잡념이 많은 것 같아서 심법을 운용하는 것에만 정신을 집중했다.

그렇지만 그다지 오래 집중하지 못했다. 머릿속에 남아 있는 의문 때문이다.

맞아서 돌아가시기 전날, 스승님은 나를 강제로 재우셨다. 수혈을 짚은 탓에 그대로 기절하듯 잠이 들어버렸다.

잠에서 깨어낸 다음 날, 어느 때보다 수척해 보이시는 스승님을 보면서 내 몸에 뭔가를 하셨다는 것을 알았지만, 그것이 무엇인지는 아직까지 모르고 있다.

다만, 스승님이 하신 것 때문에 내 몸이 변했다는 것만은 알 수 있다.

몸이 변하기는 한 것 같은데, 도저히 어떻게 변했는지 알 수가 없다는 것이 문제이기는 하지만 말이다.

'그동안 배웠던 것 말고도 나에게 뭔가 남겨주신 것이 더 있다는 것은 분명하다. 그렇지 않다면 수혈을 짚는다는 것을 일부러 내게 알려주실 필요가 없으니 말이다. 스승님께서 나에게 베풀어주신 것은 때가 되면 깨어나기를 기다리며 어딘가에 깊숙하게 봉인되어 있을 것이다.'

나는 그리 눈치가 나쁜 편은 아니다. 스승님께서 전하신 것이 있다는 것을 알아차릴 정도는 된다.

'정말 궁금하지만 지금은 그것을 생각할 때가 아니다. 모든 것의 기본이라고 했으니 지금은 스승님께서 마지막에 가르쳐주신 것에 집중하도록 하자.'

잡념이 생기는데도 심법을 운용하는 데는 전혀 지장이 없다. 의문을 가질 바에야 스승님이 내게 주신 것들을 깊게 생각해 보는 것이 좋을 것 같다.

이곳의 구조는 대강 알았고, 내가 파악을 한 대로라면 빠져나가는 데는 문제가 없었다.

내 몸은 물론이고, 주변의 상황을 정확하게 인지할 수 있기에 빠져나가는 방법은 아주 손쉽게 알아냈다.

그 방법은 아주 간단하다. 밀려 내려오는 폭포수의 힘을 이용해 10미터쯤 아래쪽으로 내려가기만 하면 된다.

물살의 흐름으로 볼 때, 아래쪽에 물이 빠져나가는 물길이 있을 것이다.

떨어져 내리는 수량 때문인지 상당한 크기의 물길이었다. 멀지 않은 곳에서 용출될 것이 분명하다.

이 정도의 크기면 작은 샘 같은 것이 아니라 강바닥 같은 데서 많은 양이 용출될 것이다. 그러니 물길을 따라가면 빠져나가는 데는 문제가 없을 터였다.

'후후후, 아무나 생각해 낼 수 있는 방법은 아니지만, 나는 충분히 가능하다.'

물속에서 호흡이 불편하지 않으니 생각해 낼 수 있는 방법이었다.

'이제부터 내 몸에만 집중하자. 녹색 광석이 무엇인지 알아봐야 할 것 같으니 말이다.'

단의 형성이 끝나가는 것 같아 혈맥에 스며들어 피와 함께 흐르고 있는 녹색 광석에 정신을 집중했다.

워낙 엄청나게 많은 양이라 수기와 섞여 단을 형성하고도 혈액 전부와 융합되어 있다. 피와 융합한 이유를 알게 되면 녹색 광석을 온전히 내 것으로 만들 수도 있을 것 같다.

녹색 광석에 대한 집중력을 잃지 않으며 그것이 보내오는 의지에 초점을 맞추었다. 어떤 놈인지 본질을 알아내야 할 시간이다.

먼저 단전에 형성된 단을 살폈다. 수기와 결합한 이유를 찾아내기 위해서다.

'스승님의 말씀처럼 세상의 기운이 뭉쳐 있는 것이 틀림없는 것 같구나.'

수기와 결합해 기운으로 바뀐 뒤, 단전으로 모여들어 단을 형성했다. 처음으로 만들어 본 단이지만 아주 단단한 느낌이 드는 것을 보면, 엄청난 기운이 응집되어 있는 것이 분명하다.

'으음, 단전만이 아니구나.'

기운으로 변해 버린 녹색 광석이 뭉쳐지고 있는 곳은 단전만이 아니었다. 혈맥을 따라 흐르던 것들이 어느새 심장을 중심으로 뭉치고 있는 중이었다.

'마치 말랑말랑한 진흙을 만지는 느낌이다.'

심장에 뭉쳐지고 있는 것은 느낌이 또 달랐다. 뭉쳐지고 있기는 하지만, 딱딱한 고체는 아니다. 유형화된 것은 분명하지만 조금 느슨한 상태다.

'어떻게?'

의식하지 못하고 있다가 내가 정신을 집중해 관조를 시작하자 변화가 일어났다.

두근! 두근!

마치 기다리고 있었다는 듯 심상치 않은 맥동이 시작됐다.

녹색 광석이 전체를 아우르며 천천히 심장을 변화시키고 있었다.

'정말이지, 이건 예상하지 못한 변화다. 어떻게 이럴 수가 있는 거지?'

신물이라고는 하지만 사람의 세포를 자신과 동화시켜 바꾸어 버리다니, 믿지 못할 기사가 아닐 수 없다.

'서, 설마! 내가 사람이 아니게 되는 것인가?'

갑자기 두려움이 밀려들었다.

두근! 두근!

혹시나 하는 생각에 불안감이 일자 심장이 거세게 뛰었다.

'맥동하는 심장 소리가 마치……'

두근거리는 소리가 정말 이상했다. 심장의 두근거림이 마치 걱정하지 말라고 나를 위로하는 것 같다. 자신과 내가 하나라 말하는 것 같은 의지가 읽혀진 순간, 불안감이 씻은 듯이 사라졌다.

'어차피 되돌릴 수도 없는 일이다. 조금 더 집중해서 살펴보

도록 하자.'

불안감이 사라지자 더 집중할 수 있었다. 어쩌면 나에게 기회가 될 수 있는 일이기도 하기에 정신을 더욱 바짝 차렸다.

심장은 녹색 광석으로 인해 새로운 모습으로 변해갔다. 세포 하나하나를 변화시켜 녹색 광석과 같은 형태가 됐다.

변화는 그것만이 아니었다. 단전에서처럼 기운이 뭉쳐 회전을 시작하더니, 심장을 중심으로 둥그런 공처럼 뭉쳐지고 있다.

'하단전과 심장에 쌓이는 기운이 더욱 커지고 있다. 어쩌면……'

심장에도 단을 이룰 수 있을 것 같다는 생각에 더욱 집중을 했다. 단이 형성되는 과정은 너무도 황홀했다.

단전에 단이 만들어질 때는 몰랐는데, 이번에는 알 것 같다. 녹색 광석이 가진 본질에 대해서다.

이제는 자신의 존재에 대해 알아도 된다는 듯 많은 것을 알려왔다.

'녹령?'

광산에서 채굴된 것이기는 하지만 광석이 아니라 영체라는 것을 알 수 있었다.

기운의 응집체이자 의지를 가지며, 녹령이라는 이름을 가졌다는 것도 알 수 있었다.

'아!'

녹령이라는 이름으로 자신을 드러낸 신물에 집중을 하다가 어느 순간 정신을 차렸다.

이전보다 두 배나 커진 단전의 단과 심장의 단을 느끼는 찰나였다.

'이런, 시간이 얼마나 지난 거지?'

상당한 시간이 흐른 것 같다. 집중에 집중을 거듭하고 있는 터라 시간이 지나가는 것도 몰랐다.

'이제 이것도 거의 끝이구나.'

수기가 흡수되는 양이 상당히 줄어 있었다.

처음에는 폭포수처럼 쏟아져 들어오더니, 이제는 샘에서 솟아나는 물줄기보다 적었다.

'이제는 끝낼 때가 됐다.'

녹령이 결합하는 양도 현저히 줄어들어 흡수를 중단해야 할 것 같다. 숨을 쉬지 않으면 죽으니 기운의 흡수만 멈추고 피부 호흡은 계속했다.

몸 상태를 살폈다. 녹령 덕분에 상태를 쉽게 파악할 수 있었다.

'많이도 변했군. 어떻게 이렇게 변할 수 있는지… 참.'

제대로 먹지 못해 비쩍 마른 체형에 키도 난쟁이 똥자루만 했는데, 완전히 달라졌다. 먹은 것도 없는데 신기한 일이다. 키는 30센티미터는 더 커졌고, 살도 많이 붙은 모습이다.

'시간이 많이 지났다고는 하지만 그래봐야 겨우 사나흘일 텐데 이 정도로 변하다니. 확실히 스승님이 말씀하신 대로 신물이

이적을 행하는 것이 분명하다.'

믿어지지 않는 일이지만, 기적 같은 일이 생겼다. 신물이 아니라면 절대로 일어날 수 없는 일이다.

'적당히 시간도 지났으니 이제 밖으로 나가보자.'

추적하던 놈들도 지쳐서 포기할 시간이기에 밖으로 나가기로 했다. 빠져나가지 못하도록 가로막고 있던 수기도 많이 사라지고 없기에 움직이는 데는 별다른 지장이 없었다.

회전하는 물길을 느끼며 위에서 떨어지는 폭포수의 힘을 받기 위해 손발을 놀려 위로 올라갔다.

상당한 압력이 느껴졌지만, 그리 어렵지 않게 빙글 돌며 회전하는 물길을 따라 위로 올라갈 수 있었다.

위로 올라가는 동안 여기저기 바위에 부딪쳤다. 제법 날카로운 것도 있었는데, 그다지 아프지도 않고 상처가 나지도 않았다.

'압력이 상당했는데 그저 거센 물결처럼 느껴지는 것도 그렇고, 상처가 하나도 나지 않은 것을 보니 괴물처럼 튼튼해진 모양이구나.'

녹령과 수기로 인해 몸이 강철처럼 변한 모양이다. 나로서는 잘된 일이다.

'저걸 잡고 기다리자.'

대충 목표한 곳에 올라온 후 튀어나온 바위를 양손으로 움켜잡고서 기회를 기다렸다. 떨어져 내리는 폭포수의 압력을 그대로 받을 수 있는 순간을 포착하기 위해 정신을 집중했다.

콰르르르!

'지금이다.'

물길이 약간 비틀리는 순간, 쏟아지는 폭포수의 물살 속으로 빠르게 움직였다.

'내려간다.'

밑으로 쑥 꺼지는 물살을 타며 재빠르게 손발을 놀렸다. 조금 전까지 내가 머물고 있던 곳을 빠르게 지나쳐 더욱 아래로 내려 갔다.

'어!'

물살에 몸이 휩쓸렸다. 회전하는 것이 아니라 지하 공동을 빠 져나가는 물 때문에 발생한 물살이다. 하수구에 물이 빠지는 것 처럼 물살을 따라 지하 깊은 곳으로 흘러 들어갔다.

상당히 깊은 곳까지 들어갔다.

'여긴 더 엄청나구나.'

지하로 내려갈수록 수기가 강하게 느껴졌다. 수만 년을 흘러 들어온 강물 때문에 쌓인 수기가 분명했다.

두근! 두근!

심장이 급하게 뛰기 시작한다. 사라졌던 수기를 다시 느끼기 시작한 탓이었다.

'어차피 언제 용출되어 밖으로 나갈 수 있을지 모르니, 심법 과 함께 호흡이나 계속하자.'

혈맥 속에는 녹령이 아직도 많이 남아 있었다. 기운으로 변하지 않은 탓에 조금 찜찜하다. 무엇보다 언제 밖으로 빠져나가게 될지 알 수 없는 상황이다.

곧바로 빠져나갈 수도 있고, 지하 수맥을 따라 흐르다가 한참 후에나 빠져나갈 수도 있다.

심법을 운용하면 수기도 얻을 수 있고, 녹령도 완전히 내 것으로 만들 수 있으니, 스승님께서 가르쳐 주신 심법에 집중하기로 했다.

지금 내가 있는 곳은 자연지기가 모인다는 무극지일 확률이 아주 높으니 말이다.

아주 빠르게 물살을 타고 흘러가다가 몸이 멈췄다.

'멈춘 것이 아니구나.'

자세히 느껴보니 몸이 멈춘 것이 아니라 물살이 지극히 느려진 것이었다. 거대한 지하 호수를 만난 것이다.

수기를 흡수하는 것은 어느새 끝이 나 있었다.

무아지경에 빠져 정신없이 수기를 흡수했는데, 주변에 수기가 얼마 없어지자 다시 인지가 돌아온 모양이다.

눈을 떠보니 거대한 공동이 보인다. 나는 공동의 천장을 바라보며 지하 호수 위에 떠 있는 중이었다.

"으음, 마치 별 같구나."

공동의 천장에는 마치 별처럼 반짝이는 것들이 박혀 있었다.

희미하게나마 시야를 확보할 수 있는 것도 저 반짝이는 것들 때문이었다.

"후후후, 야명주라도 되는 건가?"

스팟이 생긴 이후로 중심지 근처에서는 신기한 보석들이 발견되고는 했다.

수용소에서 관리하던 광산처럼 다이아몬드 같은 일반적인 보석이 발견되는 것이 대부분이다.

하지만 그것은 일반적인 경우고, 도저히 이 세상 것이 아닌 듯한 특이한 보석들이 발견되는 곳도 있다는 사실을 아저씨들로부터 들은 적이 있다.

천장에 박혀 있는 것처럼 스스로 빛을 내는 것이라면 스팟이 형성된 곳에서 생겨난 특이한 보석일 가능성이 높았다.

"으음, 그렇다면 이곳이 스팟이라는 말인데……. 내가 생각하는 대로 저 위에서 반짝이는 것이 특별한 보석이라면, 이곳에 게이트가 있을 가능성이 높다."

스팟이라 하면 제일 먼저 생각나는 것이 보석과 게이트다. 특이한 보석이 있다면 근처에 게이트도 형성되어 있을 가능성이 높았다.

"문제는 돌아올 수 없는 곳이냐, 왕래할 수 있는 곳이냐는 것인데 말이야."

게이트가 있는 스팟으로 흘러 들어온 것이 천운인지, 아니면 악연인지 모르겠다. 게이트가 형성되어 있을 가능성은 높은데, 어떤 종류의 것인지 모르기 때문이다.

"어디 종류를 알아볼 수 있는지 확인해 보자."

수용소 내에서 내력을 키우지 못하고 본격적인 수련을 하지 못하는 대신 집중한 것이 있다. 바로 초상감각을 깨우는 수련이다.

정신만으로 주변을 인지할 수 있을 정도로 수련을 쌓은 탓에 남보다 뛰어난 감각을 소유하고 있는 나다.

스승님으로부터 게이트의 종류를 탐지하는 법을 배웠었다.

"양쪽으로 열린 게이트의 경우에는 기운이 교차하며 흐른다고 하셨지. 한쪽으로만 열린 것은 한 방향으로만 흐르고."

새롭게 나온 감지기들은 이런 점에 착안해 만들어진다고 했다. 게이트별로 교차하거나 흐르는 기운의 종류가 다르기에 상당한 시행착오를 거쳐야 하지만, 제일 확실한 방법이었다.

너무 미세한 양이라 주변에 흐르는 일반적인 기운과 혼동이 될 뿐 아니라 지구상에 존재하는 기운이 아닌 것도 많아 능력자들도 쉽게 느낄 수가 없기 때문이다. 아주 미세한 양이라고 했으니 집중을 해야 한다.

'다행이군.'

오랫동안 머물러 있던 수기 때문인지 이곳에 기운 대부분이 물 속성의 기운을 띠고 있다.

같은 속성이라면 찾을 수 없겠지만, 만약 다른 종류의 것이라면 금방 찾을 수 있을 것이다.

감각을 확장해 나갔다. 물 속성인 기운은 가차 없이 제거해 나갔다.

'빠르고 넓어졌다. 더 명확하기도 하고.'

수용소에 있을 때와는 차원이 다른 감각이다. 굳이 정신을 집중하지 않아도 주변의 기운이 명확하게 느껴진다. 심상으로 형상화해 바라보는 느낌도 더 선명하다.

이내 감각에 걸리는 것이 나왔다. 지하 호수의 한가운데 섬 같은 공간이 존재했다.

사방 10미터 정도 되는 암반이 호수 중앙에 솟아 있다. 그 위로 미세한 기운이 교차하며 흐르고 있다. 주변을 가득 채운 물 속성과는 전혀 다른 기운이다.

'으음, 저기구나. 다행이다. 양쪽으로 열린 게이트다.'

게이트 안에 무엇이 있을지는 아무도 모른다. 다른 세계일 수도 있고, 아니면 같은 지구의 다른 곳일 수도 있다.

'그래도 가봐야겠지.'

천천히 팔을 휘저었다. 수영을 배운 적은 없지만, 수기를 통해 물의 성질을 누구보다 잘 이해한 터라 빠르게 암반으로 접근할 수 있었다.

나는 지체 없이 암반 위로 올라갔다.

완만히 경사가 져 있는 형태로 봤을 때, 마치 산처럼 물속에서부터 솟아오른 형태다.

대략 10미터의 타원형인 평평한 암반 위에는 기운이 양쪽으로 교차하며 흐르고 있었다.

'게이트를 열려면……'

중심부로 가서 기운을 이용해 흐름을 조절해야 게이트가 열린다.

스승님께 이미 배운 것이지만 실제로는 처음 해보는 것이라서 그런지 가슴이 두근거린다.

천천히 심법을 운용하며 기운의 흐름을 느꼈다.

'생각보다 쉽군.'

단전과 심장에 자리한 단들로 인해 흐름을 느끼는 것은 그다지 어렵지 않았다.

번쩍!

게이트의 기운과 내가 흘려보낸 기운의 파동이 일치하자 천장에서 빛나던 보석들이 일제히 빛을 내뿜었다.

'우와! 장관이다.'

사방에서 빛이 내리고 있다. 은하수라 일컬어지는 별들의 향연은 저리 가라고 할 만큼 장관이다.

내려온 빛들은 모두 암반 위에 있는 나를 향하고 있었다.

수많은 빛에 휩싸인 모습이 장관일 텐데, 내가 직접 볼 수 없는 것이 아쉽다.

우우우웅!

작은 진동과 함께 공간이 일렁이며 타원형으로 된 게이트가 열렸다.

'들어가 볼까?'

호기심 때문인지는 몰라도 나도 모르게 걸음을 옮겼다.

안에서 흘러나오는 기운이 꼭 들어가 봐야 할 것 같은 느낌을 주기 때문이기도 했다.

희미한 빛으로 이루어진 게이트를 따라 발걸음을 옮기자, 마치 누가 날 잡아당기는 것처럼 앞으로 나아갔다.

한 걸음 내디딜 때마다 상당한 거리를 나아가는 것 같았다.

잠시 후, 다른 쪽의 게이트가 나타나는 일렁임 뒤로 환한 햇살이 느껴진다. 다른 세상이 머지않았다.

〈『그린 하트』 제2권에서 계속〉

www.bbulmedia.com

www.bbulmedia.com